Kurt Chappuzeau

Der Anruf

make a book

Kurt Chappuzeau

Der Anruf

Erzählung

Nachdruck oder Vervielfältigungen, auch auszugsweise,
bedürfen der schriftlichen Zustimmung des Verlags.

ISBN: 978-3-939119-65-4

© 2007 by Verlag make a book, Neukirchen
M. Böhme • Osterdeich 52 • 25927 Neukirchen
Tel.: 04664 - 9839902 • Fax: 04664 - 635
eMail: mb@make-a-book.de
http://make-a-book.de

Gesamtherstellung: make a book, Neukirchen
Umschlag, -Entw. -Gestaltung: M. Böhme, Neukirchen
Seitenlayout: M. Böhme, Neukirchen

Bibliografische Information Der deutschen Nationalbibliothek
Die deutsche Nationalbibliothek verzeichnet diese Publikation in der Deutschen
Nationalbibliografie; detaillierte bibliografische Daten sind im Internet über http://
dnb.ddb.de abrufbar.
Bibliographic information published by deutsche Nationalbibliothek
Die Deutsche Bibliothek lists this publication in the Deutsche Nationalbibliografie;
detailed bibliographic data are available in the Internet at http://dnb.ddb.de.

Wenn es etwas gibt,
Das größer ist als das Schicksal,
Dann ist es der Mensch,
Der es unerschütterlich trägt!

Sophokles

Sie kennen mich nicht? Natürlich nicht, wie sollten Sie auch, da wir uns, soweit ich mich erinnere, bisher nie begegnet sind. Mein Name tut eigentlich nichts zur Sache. Aber wenn ich Sie nun schon anspreche, sollte ich mich wenigstens vorstellen. Das gehört sich doch so, jedenfalls bisher. Mein Name, der Ihnen nichts sagen wird, ist Gustav-Adolf Kreutzer. Um aber Missverständnissen vorzubeugen: Mein zweiter Vorname ist nicht von jenem Diktator abgeleitet, der von 1933 – 1945 Deutschland und Teile der Welt ins Unglück stürzte. Denn als jener an die Macht kam, hatte ich schon einen großen Teil meiner Jugend hinter mir.

Mein Vorname hat etwas Sc
hwedisches an sich, werden Kundige unter Ihnen vermuten, und sie haben Recht. Denn meine Mutter stammte aus Schweden und da ihre Mutter, also meine Großmutter, eine glühende Anhängerin des schwedischen Königshauses war, lag es eben nahe, dass meine Mutter – ihr zuliebe – den Namen des berühmten Königs, der im dreißigjährigen Krieg bei Lützen fiel, zu meinem Vornamen erkor; mein Vater, dessen schlichter Vorname ›Fritz‹ einen allzu preußischen Anklang hatte, wurde zur Namensgebung erst gar nicht gehört, wie meine Mutter mir später einmal glaubwürdig versichert hat. – Aber ich will nicht abschweifen ...

Natürlich werden Sie fragen: Wieso wendet sich dieser Mensch, den ich gar nicht kenne, ausgerechnet an mich? Sollte ich mich vielleicht sogar belästigt fühlen? Will er mich vielleicht zu einem Kauf verleiten, mir etwas, das ich nicht brauche, andrehen wollen? Wie die Massen von Werbebroschüren, die täglich meinen Brief-

kasten verstopfen, und obendrein noch die lästigen Anrufe der
›call-center‹ und Weinvertreter? – Ach ja, ich habe Verständnis für
Ihre Vorbehalte, aber ich tröste mich damit, dass Sie ja jederzeit
das Buch zuklappen können, wenn Sie meinen, dass ich Ihnen die
Zeit stehle. Und ich versichere Ihnen, ich werde Ihnen bestimmt
nichts verkaufen ...

Weshalb rede ich also mit Ihnen? Ich könnte ja auch einen
Freund, einen Verwandten oder Bekannten anrufen, der mir – viel-
leicht – ›sein Ohr leihen‹ würde, wie man es früher so ausdrückte.
Aber ich wende mich ganz bewusst an Sie als Vertreter eines breiten
Publikums, dem man gelegentlich eine gute Nase nachsagt, nach
dem Motto: Kann denn die Meinung von Millionen irren?

Ich bin allein, lebe seit Jahren hier oben in meinem windschiefen
Häuschen hoch über dem Städtchen Bergheim, durch das sich das
schäumende, gurgelnde Silberband der Aare windet; ein ›verschla-
fenes Nest‹ mit grauen Schieferdächern und winkligen Gassen, in
die ich hineinsehen kann und die mir so vorkommen, als seien sie
Modelle aus meiner kindlichen Spielzeugkiste, nur dass diese da
unten belebt sind mit menschlichen Ameisen.

Meine Kontakte zur Umwelt, also zu ›denen da unten‹, be-
schränken sich in der Regel auf den Besuch im Supermarkt am
Stadtrand und gelegentlich beim Hausarzt, um den jährlichen Ge-
sundheitscheck nicht zu verpassen. Meine Familie lebt nicht mehr,
Freunde sind in alle Welt zerstreut, wenn sie überhaupt noch leben.
Ich möchte nicht falsch verstanden werden: Ich beklage mich nicht
über meine Einsamkeit und fehlende Besucher. Mit vielen geht es
mir ohnehin so, dass mich über ihr Kommen nur die Hoffnung
auf ihr baldiges Gehen tröstet. Und ist es nicht vielleicht so, dass
Einsamkeit der Weg ist, auf dem das Schicksal den Menschen zu
sich selbst führt, wie ein weiser Dichter bemerkt?

Ich bin also allein – und deshalb möchte ich Ihnen als meinem mir unbekannten, stummen Gesprächspartner doch eine
Geschichte erzählen, die heute morgen begann. Oder war es nur

eine Fortsetzung? Von der ich noch nicht weiß, wie sie sich weiter entwickeln wird? Aber mit irgend jemand möchte ich darüber reden, auch wenn es vielleicht nur ein Monolog wird. Es könnte eine Geschichte sein, die jedem von uns unter ähnlich extremen Bedingungen in irgendeiner Form widerfahren kann und sich deshalb aus dem ungeordneten Wust unseres gleichförmigen Alltags heraushebt.

Ich sagte es schon: Ich lebe allein – ach, verzeihen Sie bitte, wenn ich mich gelegentlich wiederhole -, aber da ich seit Jahren keine längere Konversation mehr gepflegt habe, ist mir die Fähigkeit zu konzentrierter Darlegung meines Anliegens ein wenig abhanden gekommen.

Also: Wie an jedem Tag bin ich heute kurz nach sieben Uhr aufgestanden; der junge Tag hing müde und herbstschwer wenig aufmunternd über der Stadt, deren graue Dächer den Tag noch grauer erscheinen ließen. In langen Streifen zogen morgendliche Nebel zu mir den Berg hinauf und ließen keine Zweifel darüber aufkommen, dass der Sommer sich längst verabschiedet hatte. Einen Augenblick überlegte ich sogar, mich noch einmal auf's Ohr zu legen, da ich nichts verpassen würde. Aber das wäre meinen gichtigen Knochen, die in Bewegung gehalten werden müssen, nicht gut bekommen ...

Meine berufliche Tätigkeit liegt lange, sehr lange zurück, sodass ich manchmal schon glaube, es sei alles doch nur ein Traum gewesen, bestehe nur dank meiner Einbildungskraft und habe ausschließlich durch sie Farbe und Inhalt erhalten. Aber es ist wahr: Ich habe einen verantwortungsvollen Posten als Chefjurist in einer Firma von Weltruf bekleidet und niemand hat verstanden, dass ich mich sofort nach meiner Demission hierher, in mein Refugium aus dem Jahre 1829 mit seinen schiefen Balken, knarrenden Dielen und zugigen Fenstern, durch die im Winter der Nordost pfeift, zurückgezogen habe, ohne die diversen Pöstchen in diversen Aufsichtsräten anzunehmen, die man mir angetragen hatte. Man gab vor, meine Ablehnung zu verstehen, aber ich weiß auch, dass viele hinter meinem Rücken den Kopf schüttelten, gilt sogenannte ›Untätigkeit‹ im Alter doch bei vielen als degoutant, vor allem bei jenen, die einmal wichtig waren oder sich zumindest für wichtig gehalten haben. Aber verbirgt sich hinter ihrer Rastlosigkeit nicht auch eine beträchtliche Angst vor einer Leere, die sich nach einem ausgefüllten Berufsleben einstellen könnte?

Außerdem bin ich auch gar nicht untätig, man sieht es nur nicht, es ist nicht spektakulär, auffällig oder gar medienwirksam, was ich tue. Eine kontemplatorische Weltsicht, die – aus höherer Warte, besonders hier vom Berg aus – das Leben einfängt, ist äußerst anstrengend; sie erfordert nämlich Konzentration und ein ständiges Auswahlverfahren, aus einem gewaltigen Sortiment alles, was wichtig erscheint, als Erkenntnisse eines langen Lebens gebündelt herauszufiltern und zu Papier zu bringen; eine Bilanz sozusagen, die schwieriger ist als etwa – wenn ich an meinen Beruf zurückdenke – eine langwierige Verhandlung mit dem Bundeskartellamt über eine unzulässige Absprache von Energie-Konzernen oder die Teilnahme an einer der zahllosen Talkshows, die ich immer tunlichst vermieden habe, nicht aus Feigheit, sondern wegen ihrer floskelhaften, ergebnislosen Abläufe und der verlorenen Zeit. Denn mit den ›ewigen‹ Wahrheiten, die allenthalben und auch dort gern verkündet werden, ist es doch so eine Sache. Wenn ich darüber nachdenke, wie – je nach Blickwinkel – die Wahrheit ein anderes Gesicht bekommt, könnte ich darüber ein dickes Buch verfassen, aber auch darüber verzweifeln, weil es nach meiner Erkenntnis keine absolute Wahrheit gibt; viele Eiferer, die sich in ihrem Besitz wähnen, haben zu allen Zeiten Not und Elend über die Menschheit gebracht. Das ist die Wahrheit, jedenfalls eine …

Im übrigen ist sie abhängig von subjektiven Einschätzungen, Meinungen und Befindlichkeiten. Man erlebt auch nicht, w a s man erlebt, sondern w i e man es erlebt. Wenn wir allein betrachten, was uns als wahr überliefert wird, wundern wir uns oftmals über den geringen Zusammenhang, der zwischen dem besteht, was wir sehen oder selbst erlebt haben, und dem, was uns gesagt oder berichtet wird. Unser aller Neigung, zu mystifizieren, Ideologien oder – wie man heute auf Neudeutsch sagt: ›Trends‹ nachzulaufen, ist seit jeher unbegrenzt. Falsche Wahrheiten werden uns schnell als Evangelium verkauft – meine Generation kann davon ein Lied singen -, wir fügen dann noch unseren eigenen Senf hinzu und nach und nach entsteht ein Bild, das mit dem Original nichts mehr zu tun hat, aber für authentisch gehalten wird.

Sie werden jetzt vielleicht verstehen, dass eine Lebensweise, die sich die Erforschung der Wahrheit zum Ziel setzt, was also die – nach Faust – ›Welt im Innersten zusammenhält‹, so außerordentlich schwierig macht und eigentlich nur Kopfschmerzen bereitet ... Darum tun es vielleicht auch so wenige.

Ist es nicht ohnehin äußerst suspekt, dass der Mensch, der die Wahrheit so fürchtet, den Spiegel erfunden hat? Eine der Ungereimtheiten auf der Suche nach der Wahrheit, die sich heute außerdem immer mehr hinter vernebelnder Oberflächlichkeit voller Plattitüden versteckt. Aber eine Erkenntnis ist mir heute schon sicher: Die Wahrheit weckt immer wieder Zweifel, wirft neue Fragen auf, deren Antworten wieder neue Fragen bringen ... Sollte man deshalb aufhören, nach Wahrheit zu streben? Aber keine Fragen mehr zu stellen, heißt, sich dem Stillstand anheimzugeben.- Zweiundzwanzig Kladden habe ich schon vollgeschrieben, die vermutlich nie jemand lesen wird. Wen interessieren schon gedankliche Ergüsse über die Wahrheit?

Aber ich schweife schon wieder ab, verzeihen Sie, also zurück zu meiner Geschichte: Sie werden meine Überraschung verstehen, als bei mir, dem Einsiedler, schon um kurz vor neun das Telefon klingelte, zu einer Zeit, in der ich beim besten Willen keine Anrufe erwarte, ich erwarte allerdings – um ehrlich zu sein – nie welche, zu keiner Zeit. Man hatte es schließlich aufgegeben, mit mir Verbindung aufzunehmen, etliche wohl auch, weil sie annahmen, ich sei längst verstorben. Eigentlich unterhalte ich den Apparat auch nur, um im Notfall ärztliche Hilfe heraufzuholen oder um Kontakt mit Frau Roscheck, meiner Wirtschafterin, aufzunehmen. Deshalb nahm ich heute morgen den Hörer auch eher in der Erwartung ab, dass jemand sagte: ›Ach Entschuldigung, ich habe mich verwählt.‹ Manchmal wird auch nur aufgelegt, ohne eine Wort. Davon ging ich auch bei diesem Klingeln aus und hatte deshalb keine Sorge, dass Rührei und Morgenkaffee, die ich mir gerade zubereitet hatte, kalt werden und an Appetitlichkeit verlieren könnten.

»Ja bitte, mit wem spreche ich?«

Eine dunkle Frauenstimme, die sich räusperte, als müsse sie sich erst frei machen oder Mut fassen, antwortete : »Hier ist Paula Schubert, spreche ich mit Herrn Kreutzer, Gustav-Adolf Kreutzer?« Ich muss wohl eine längere Pause gemacht haben, weil ich mit einer Paula Schubert beim besten Willen nichts anfangen konnte; jedenfalls fragte die Stimme, als die Pause wohl zu lang wurde, in einem mich überraschenden persönlichen Ton: »Bist Du noch da, noch am Apparat?«

Sie duzt mich sogar, sie wird mich verwechseln, ging mir als erstes durch den Kopf: »Verzeihung, ich habe Ihren Namen nicht verstanden.«

Am anderen Ende der Leitung lachte jemand kurz auf: »Natürlich kannst Du nicht ahnen, wer Dich hier anruft, aber ich bin es: Paula Schubert, Dir sicher noch besser bekannt unter dem Namen Paula Goldschmidt«.

Ich war wie erstarrt, wie vom Donner gerührt und stotterte: »Paulinchen ... mein Gott, Paulinchen, bist Du es wirklich? Paulinchen aus ... aus ...«

»Genau, das Paulinchen.«

»Lebst Du denn noch?« Diese blöde Frage war mir sofort peinlich, aber sogar durch das Telefon merkte ich, dass sie lächelte und es mir nicht krumm nahm.

»Ich will Dich nicht lange aufhalten«, schien sie gleich zur Sache kommen zu wollen, »sicher bist Du arg beschäftigt. Aber ich wollte Dich fragen, ob Du morgen eine Stunde für mich Zeit hast, ich komme durch Bergheim und hätte gern mit Dir gesprochen. Nicht lange.«

Überrascht und verdutzt stammelte ich: »Ich muss mal eben in meinen Terminkalender sehen ...«. In dem mit Sicherheit nichts stand, aber ich wollte Zeit gewinnen. Mein Gott, Paulinchen lebte noch! Warum rief sie mich an – jetzt, nach fast sechzig Jahren, in denen wir uns weder geschrieben noch gesehen hatten? Wie sollten wir auch? Nach allem, was geschehen war ... Aber was hatte sie für ein Anliegen? Aus der Erinnerung stiegen von weit her Szenen und Bilder auf, verschwommen und undeutlich, wie auf einer ›Laterna magica‹, in die wir als Kinder bunte Glasbilder hineinschoben und gegen das Licht hielten. Bilder aus einer längst versunkenen anderen Welt.

»Ja, Paulinchen – ich darf doch Paulinchen sagen – bei mir steht keine Eintragung für morgen. Verrätst Du mir, um was es geht?«

Ich wunderte mich über mich selbst, dass ich ihren vertraulichen Ton der Anrede gefunden hatte.

»Schön, ich freue mich, Dich zu sehen, mein Zug kommt um 11.35 Uhr an.« Meine Frage schien sie überhört zu haben.

»Ich werde pünktlich am Bahnhof sein ...«

Sie hatte den Hörer schon aufgelegt. Gern hätte ich sie noch gefragt, woher sie denn meine Adresse bekommen hatte. Denn in einem Telefonbuch bin ich nicht verzeichnet ... Was wollte sie nur? Sie klang, das glaubte ich aus ihren wenigen Worten herauszuhören, irgendwie geheimnisvoll ...

Ich weiß nicht, wie ich Ihnen meine Empfindungen beschreiben soll: War es ein Schreck in der Morgenstunde oder doch ein verhalten freudiges Wiedererkennen zunächst noch unscharfer Bilder, die sich vor mein inneres Auge schoben? Paulinchen! Die Zeit bewahrt alles auf, doch wird es farblos wie alte Fotographien. Das Licht, die Zeit verwischen auf den Bildern die scharfen typischen Schattierungen der Gesichter. Durch leichtes Neigen und Dre-

hen erhalten Bilder wie unsere Vorstellungen eine andere Licht-
brechung. Aber eines Tages kommt von irgendwoher ein Licht,
ein Lichtstrahl und die Schattierungen eines Gesichts gewinnen
deutlich an Prägnanz.

Plötzlich stand sie wieder vor mir: Ein schmales schüchternes
und doch gewitztes Mädchen, das sich im Kindergarten, den wir
gemeinsam besuchten, sofort an mich andrückte und meine Hand
nahm. Ich wollte sie ihr entziehen, denn mit fast sechs Jahren
empfindet man als Junge derartige Annäherungsversuche noch
als unpassend, peinlich, man könnte zum Gespött der anderen
Jungen werden. Wer wollte das schon. Aber dann sah sie mich so
lieb und hilfesuchend mit ihren strahlenden blauen – oder waren
es grüne? – Augen an, dass ich sie gewähren ließ. Und – ehrlich gesagt – ich war auch neu in diesem ›Verein‹, im ›Deutschvölkischen
Kindergarten‹, und so hatte ich eine kleine Bundesgenossin. Mit ihr
gemeinsam würde ich die rüden Spiele der anderen vielleicht besser
überstehen können. – Und es ließ sich für mich in der Tat gut an,
denn sie gab mir schon am ersten Tag bereitwillig ein Stück von
ihrem Frühstücksbrot ab, als ich meine Stulle gegen andere Kinder,
die das ›Gesetz des Dschungels‹, also des Kindergartens, besser
beherrschten, nicht genügend verteidigen konnte. Paulinchen lächelte, als sie mir ihr Brot mit köstlichem Schinken reichte, und
meinte nur: »Nimm es leicht, Addi, eines Tages ist es umgekehrt,
dann werden sie Dir ihr Brot geben müssen, bestimmt ....« Was sie
damit meinte, war mir zwar nicht klar, aber es tröstete mich.

Es ist merkwürdig, dass ich mich an diesen Vorgang erinnere;
aber unsere Erinnerung trennt offenbar exakt die Spreu vom Weizen. Nach Jahrzehnten stellt man fest, dass es nicht die sogenannten
grossen Ereignisse sind, die in uns irgendeine Wirkung, eine Spur
hinterlassen; manchmal ist es nur eine Geste, ein Nachmittag beim
Tee, eine lange Wanderung am spätsommerlichen Strand oder eben
ein lieb dargebotenes Schinkenbrot, die plötzlich Bedeutung er-
langen; alles scheinbar belanglose Kleinigkeiten, aber Einzelheiten,

die wichtig sind, weil sie das Ganze miteinander zu einem mosaik-artigen, ganz persönlichen Bild der Erinnerung verkleben.

Einen Augenblick bitte, es klingelt gerade. Ach, Frau Roscheck, meine Hauswirtschafterin, die meinem etwas ungeordneten Jung-gesellenhaushalt immer wieder, meist vergeblich, etwas Fasson beizubringen versucht.

»Schlechtwetter, oder wie man bei uns sagt: Schweinewetter ... alle Schweine werden sauber, nur die Menschen dreckig«, so trat sie missmutig in die Diele, zog die Gummistiefel aus und schüttelte ihren Mantel.

Der Nebel hatte sich aufgelöst, es war mir nicht aufgefallen. Es schüttete jetzt wie aus Mollen, ein dichter wässeriger Vorhang lag über der Stadt, die sich schutzsuchend tief in den Taleinschnitt der Aare schmiegte. Der kräftig treibende Wind zwang die beiden Platanen im Vorgarten zu immer neuen Verbeugungen; Astern und Dahlien hatten sich längst verabschiedet, drei Rosen kämpften im Schutz der Ligusterhecke einen letzten vergeblichen Kampf. Schon bald würde hier oben am Berg alles weiß überzogen sein ...

»Na, Frau Roscheck, es ist schon recht ungemütlich draußen, Sie sollten sich jetzt erst einmal einen Tee zubereiten, ehe Sie arbeiten! Und den Rum nicht vergessen!«

Ihre Miene hellte sich sogleich auf: »Vielen Dank, Herr Doktor, möchten Sie auch einen?«

»Danke, ich habe schon kalten Kaffee genossen. – Jetzt möchte ich nur wissen, wo liegen denn wohl die alten Fotoalben?«

Frau Roscheck, die mir schon seit fast zehn Jahren zur Hand geht und sich ein eigenartiges Ordnungssystem zurechtgelegt hat, durch das nur sie selber blickt, überlegte einen Augenblick und packte kurze Zeit später einen Stoß alter Alben auf den Schreib-tisch, mit Schwung, dass es nur so staubte. Ihr Kopfschütteln verriet wenig Verständnis für meinen Wunsch, der schließlich in keinem vernünftigen Verhältnis zu dem mülmenden Aufwand stand, den ich ihr zumutete. Da lagen sie nun, schmale Hefte, dicke Folianten: Ein langes Leben in papierne Stationen aufgeteilt, festgehalten und gebündelt, zurecht geschnitten und abgelegt: Bilder der Familie, der Großeltern, der Eltern; Hochzeiten, Geburtstage, Taufen und Beerdigungen: Ein Kaleidoskop gelebten vergangenen Lebens. Aus vielen Bildern sehen mich würdige Damen mit langen dunklen Röcken und hochtoupierten Frisuren an; dazu die passenden Herren: Selbst wenn sie noch jung waren – alle verziert mit üppigem Bart, mal nach oben, mal nach unten gezwirbelt; eine goldene Uhrkette überspannt eine sich wohlständig bauschende Weste. Ja, man hatte es sich wohlergehen lassen, wenn man etwas vom Kaiserreich, durch den 1. Weltkrieg in die wenig geliebte Republik aus Weimar hinüber gerettet hatte. – Dann kam das Album über meine Schulzeit, die Zeit bei der Hitlerjugend, das Studium nach dem Krieg und die vielen Jahre im grossen Energie-Unternehmen in Frankfurt, die zahllosen Konferenzen, mit Gruppenbildern von glattrasierten, von Jahr zu Jahr ausladender werdenden Abteilungsleitern und Managern ... alles fein säuberlich festgehalten und abgeheftet. Doch halt: Bis auf das Jahr hinter dem Ural – da fotografierte niemand. Und wozu hatte ich das alles aufbewahrt?

Jetzt wusste ich es: Ich zog ein schmales Album mit einem vergilbten Blumeneinband hervor, arg zerfleddert, sodass ich es vorsichtig aufschlagen musste. Ein gepresstes, hellgrünes vierblättriges Kleeblatt fiel mir entgegen. Die Bilder leicht braunstichig. Zuerst die Fotos auf dem Arm der Mutter, das unverzichtbare Nacktfoto auf dem Eisbärenfell. Aber dann kam das Klassenbild von der Einschulung, zweiundzwanzig adrett herausgeputzte Kinder mit erstaunlich ernsten Gesichtern, die auch die großen Zuckertüten nicht zu versüßen vermochten. Da war das Bild, was ich suchte: Paulinchen stand neben mir mit einer weißen Schleife auf dem Kopf, die wir ›Propeller‹ nannten; es ist das einzige von ihr erhaltene Bild in meinem Besitz. Kleiner als die Mitschüler war sie, in meiner Erinnerung war sie mir viel größer vorgekommen. Beherrscht wurde ihre Erscheinung von ihren ausdrucksvollen Augen, die hellwach und forschend die Umwelt musterten, und von einer kurzen, leicht nach oben strebenden Nase, die dem Gesicht etwas hochnäsig Spöttisches gab. Was hatte sie nur für Haare gehabt? Das bräunliche Foto gab keine ausreichende Auskunft. Blond, braun? Wie hatte ich das nur vergessen können ... Ob ich sie einfach danach frage, wenn ich sie morgen sehe? Denn jetzt wird sie ja gewiss längst ergraut sein ... Aber vielleicht nimmt sie es mir übel, dass ich es vergessen habe?!

$\mathfrak{V}$ielleicht kennen Sie das Gefühl, wenn man durch ein lange nicht betretenes Zimmer geht und plötzlich vieles Alte neu entdeckt. So geht es mir in diesem Augenblick, wo Paulinchen und die Zeit mit ihr immer lebhafter Kontur gewinnen.

Nach dem Kindergarten besuchten wir gemeinsam nur noch ein Jahr lang die Hermann-Löns-Schule, eine Volksschule, dann wurden Jungen und Mädchen getrennt. Aber unser Kontakt riss nicht ab, zumal die Häuser unserer Eltern nur wenige Schritte von einander entfernt in derselben Straße am Stadtrand lagen. Paulinchens Vater besaß ein großbürgerliches elegantes Landhaus, in englischem Stil um 1840 mit rundbogigen, in den Laibungen weiß abgesetzten Fenstern erbaut. Ob es wohl noch steht? Ich habe es immer bewundert. Umgeben war es von einem weitläufigen gepflegten Park, der vor zudringlichen Blicken durch eine dichte Baumreihe geschützt wurde, deren tiefhängende Zweige den vorbeiführenden Fußweg allerdings stark verengten und zu mancherlei Ärger mit der Stadtverwaltung führten.

Paulinchens Vater war Besitzer der größten Weinhandlung der Stadt, am Marktplatz gelegen. »Wilhelm A. Goldschmidt, Weine und Spirituosen aller Art«, prangte in goldenen Lettern über dem Eingang, dem zwei dorische Marmorsäulen mit neckischen weinblattumrankten Nymphen sinnfälligen, wenngleich übertriebenen Ausdruck verliehen. Wer hier hineinging, um den Bordeaux primeur zu gustieren und dabei vom Chef selbst bedient wurde, der hatte es in der Stadt geschafft und gehörte – wie man heute auf Neudeutsch sagen würde – zum Establishment. Soweit ich mich erinnere, gingen die Geschäfte gut, obwohl der Genuss von Wein eher der kleinen feineren Gesellschaft der Stadt vorbehalten war, während sich die Mehrheit wegen der niedrigeren Preise vorwiegend mit Bier und Köm tröstete. Sicher kam seinen geschäftlichen Verbindungen und damit seinem Umsatz zugute, dass er sich als Bürgervorsteher im Ortsrat betätigte, zeitweilig auch Bürgermeister und lange Jahre ein maßgeblicher Vertreter der nationalliberalen Deutschen Volkspartei (DVP) gewesen war; man sagte von ihm sogar, er habe diese Partei gemeinsam mit Gustav Stresemann, dem zeitweiligen Reichskanzler und Aussenminister der Weimarer Republik, gegründet. Das ging wohl etwas weit, aber fest steht, dass in jenen mittzwanziger Jahren des vorigen Jahrhunderts regelmäßig größere Weinsendungen an das Außenministerium in Berlin gingen.

Wilhelm Goldschmidt der seinen zweiten Vornamen: Absalom als ›dem Geschäft nicht förderlich‹, wie er meinte, nie benutzte, war ein beeindruckender Mann; sein markanter Kopf war umrahmt von einem gewaltigen Rauschebart und gekennzeichnet durch eine auffällig gerötete Nase, die, wie ich glaubte, im engeren Zusammenhang mit seinem Beruf stehen musste. Mit seinem dröhnenden Bass erregte er Aufmerksamkeit, wenn er, immer zu einem Scherz aufgelegt, die Burgstraße entlang seiner Weinstube am Marktplatz zustrebte. Hier ein Schwätzchen, da ein joviales Winken. Man kam auf ihn zu, er hatte für alle ein persönliches Wort, half mit finanziellen Zuwendungen auch hier und da, ohne Aufhebens davon zu machen. Immer hatte er für uns Kinder etwas in der Tasche, das er uns mit Augenzwinkern zusteckte; zumeist waren es irgendwelche Süßigkeiten, aber auch mal kleine Sprüche mit Lebensweisheiten, die zu beherzigen er uns jedesmal empfahl. Wir zogen allerdings die materielle Alternative vor, die an uns weniger hohe Ansprüche stellte.

Wilhelm Goldschmidt brachte von seinen zahlreichen Geschäftsreisen immer etwas mit, und wenn es nur haarsträubende Berichte aus Berlin waren, die er aber nur abends und in ausgewähltem kleinen Kreise nach der dritten Flasche Rotspon zum Besten gab: Zum Beispiel, dass in einer Revue eine Tänzerin aus Paris auftrat, die nur mit einem Bananenröckchen bekleidet und ein Tanz in Mode war, der sich Charleston nannte und bei dem die Damen ihre Beine bis rauf über das Knie zu zeigen hatten. Die Runde erstarrte jedesmal, teils war sie schockiert, teils beneidete sie den weltläufigen Kaufmann, der so etwas zu sehen bekommen hatte, wovon man hier in der kleinstädtischen Abgeschiedenheit, in der der Klerus über Sitte und Ordnung wachte, allenfalls hätte träumen dürfen. Und den lieben, aber sittenstrengen Ehefrauen hätte man damit schon gar nicht kommen dürfen, etwa, man wolle mal eine Reise machen und sich – geschäftlich natürlich – in der Hauptstadt umsehen ... Auch wenn der Lärm der großen Welt nur sehr abgeschwächt in unserer Stadt widerhallte, soviel hatte sich bei aufmerksamen Bürgern – und Bürgerinnen – unter der Hand doch herumgesprochen: Berlin war in jenen fernen zwanziger Jahren ein Sündenbabel, das es zu umgehen galt, wenn man den Sumpf schon nicht austrocknen konnte! Aber Goldschmidt brauchte, zumal als Witwer, auf derart kleinliche Bedenken keine Rücksicht zu nehmen, sein guter Ruf war gefestigt und unantastbar.

Gelegentlich erhielt mein Vater Aufträge von ihm; nein, ich muss mich berichtigen: Es war regelmäßig. Mein Vater hatte ein Fuhrunternehmen, das er von seinem Vater und dieser wiederum von seinem übernommen hatte. Vor dreihundert Jahren waren die Kreutzers Inhaber des Postregals, das sie befugte, den Postverkehr über die Strecken nach Hamburg und Bremen konkurrenzlos zu betreiben. Während meiner Kindheit standen in guten Zeiten noch mehr als zwei Dutzend Pferde in den weitläufigen Ställen, hinter denen sich gepachtetes Wiesen – und Weideland fast bis zum Horizont erstreckte. In den Remisen zeugten zahllose Wagen für alle Gelegenheiten, vom Ackerwagen bis zur Nobelkarosse, von einem breitgefächerten Transportangebot. Mein Vater hatte sich nicht entschließen können, auf die knatternden und stinkenden Benzinkutschen, an deren Flanken in grossen Lettern die Namen der neumodischen Speditionen protzten, umzurüsten, weil er sie für Teufelszeug und eine Kulturschande schlechthin hielt. So hatte ihn schon Anfang der dreißiger Jahre des Zwanzigsten Jahrhunderts die Konkurrenz überholt und viele seiner Kunden waren zu den motorisierten Fuhrbetrieben abgewandert, die schneller lieferten und vor allem auch Geschäftsfreunde in einem weiter gesteckten Umkreis bedienen konnten, als es mit Pferdefuhrwerken möglich war. Insgeheim träumte mein Vater allerdings auch davon, mit seinen Gespannen wie in alten Zeiten Hamburg oder Bremen anfahren zu können: Jeweils eine Zweitage-Tour wäre es gewesen – das musste ein Traum bleiben, zumal auch die Reichsbahn ihr Streckennetz immer weiter ausbaute.

Aber die Weinhandlung Goldschmidt hielt ihm die Treue, sodass er seinen Betrieb trotz der immer stärker werdenden Konkurrenz recht und schlecht weiterführen konnte.

Meine Mutter hätte es lieber gesehen, wenn mein Vater das Fuhrgeschäft bei Zeiten aufgegeben hätte; sie hatte etwas Vermögen geerbt, von dem sie beide im Alter ein bescheidenes, aber im wesentlichen sorgenfreies Leben hätten führen können. Als ich zur Welt kam – ihr einziges Kind übrigens -, waren beide Eltern bereits im höheren Alter. Meiner Mutter hatte der Beruf des Vaters nie gefallen; immerhin entstammte sie der seit Jahrhunderten im schwedischen Landskrona ansässigen Aristokratenfamilie von Axelstam, was bei passenden oder unpassenden Gelegenheiten zu betonen sie niemals versäumte. Gern erzählte sie mir von den Soireen und Bällen im Schloss ihres Vaters, von dem im englischen Stil angelegten Park mit den zwischen gestutzten Bäumen kiesbelegten Spazierwegen, auf denen sie an der Hand der Gouvernante ausgeführt wurde.

Mir war nie klar, warum sie meinen Vater geheiratet hatte, wenn sie ihn, wie ich annehme, nicht für standesgemäß gehalten hatte. Sie hat es mir nie verraten, vermutlich, weil sie es selbst nicht genau wusste. Meine Eltern hatten sich auf einer Nordland – Schiffsreise kennengelernt und waren, als das Schiff auf der Rückfahrt wieder in Stockholm anlegte, bereits verlobt. Fest steht, dass meine Mutter zum Zeitpunkt ihrer Heirat bereits deutlich jenseits des dreißigsten Lebensjahres war – damals also eine ›alte Jungfer‹, wie man despektierlich sagte. Ob auch ein wenig Torschlusspanik Veranlassung war – ich weiß es nicht. Dabei war meine Mutter keine schlechte Partie; zudem war sie gebildet und sah mit ihrem kräftigen schwarzen Haar, den blauen Augen und zartrosa Teint anziehend aus. (Mir hat sie davon leider wenig vererbt.) Aber sie hatte etwas, was Männer nicht mögen: Sie zeigte ihnen zu deutlich ihre intellektuelle Überlegenheit. Meinen Vater hat es nicht gestört, er verfügte über genügend Selbstbewusstsein, weil sie ihm auf Gebieten wie Schachspiel und Speditionswesen nicht das Wasser reichen konnte. Er hat sie geliebt mit einer Hingabe, die man nur mit höchster Verehrung bezeichnen kann.

Ob das umgekehrt auch der Fall war, wäre zwar eine Möglichkeit, die Ehe zu erklären, aber da meine Mutter es nie zeigte, bleibt deshalb alles im Dunkel von Vermutungen. Oft habe ich sie bedrängt, mit mir einmal nach Schweden zu den Großeltern zu fahren, solange sie noch lebten; immer antwortete sie ausweichend. Der Grund für ihre Ablehnung ist mir erst sehr viel später klar geworden, als sie bereits verstorben war und ich mich um ihren Nachlass kümmern musste: Ihr Vater, ein ehemaliger General, war in Ungnade gefallen, nachdem er durch seine Spielleidenschaft sein Vermögen verloren hatte; glücklicherweise blieb der Besitz seiner Frau, also meiner Großmutter, davon verschont, sodass beide bis zu ihrem Tode noch ein leidliches Auskommen hatten.

Für meinen Vater kam eine Aufgabe seines trotz aller finanzieller Sorgen geliebten Berufs nie in Betracht, obwohl er sonst meiner Mutter gern nachgab. Lieber balancierte er auf dem schmalen Grad, der den sofortigen finanziellen Absturz ins Bodenlose zur Folge haben würde, wenn Goldschmidts Aufträge ausbleiben sollten. Um das zu vermeiden, spannte sich der Vater zu Beginn des Krieges, als immer mehr Pferde zum Kriegsdienst ›einberufen‹ wurden, sogar gelegentlich selbst vor die Deichsel eines Handwagens, um jedenfalls innerhalb der Stadt Weinlieferungen aus Goldschmidts Weindepot, das ihm zu dieser Zeit schon längst nicht mehr gehörte, weiter an die Kunden liefern zu können. Je länger der Krieg dauerte, desto weniger wurden Transporte notwendig und gingen dann allenfalls noch an eine Adresse: An die Villa des Kreisleiters der NSDAP am Stadtpark.

Mein Vater dachte nie ans Aufgeben, er glaubte, dies seinen Vorfahren, die den Fuhrbetrieb über Generationen aufgebaut hatten, schuldig zu sein; vor allem stand er auf dem Standpunkt: Der Mann ist für den Unterhalt der Familie verantwortlich. Mit seinem Ehrgefühl war es nicht zu vereinbaren, sich auf Kosten seiner

Frau auf die faule Haut zu legen oder – wie er es noch drastischer auszudrücken beliebte – von ihr ›aushalten‹ zu lassen. Ein kleiner Triumph war ihm dennoch beschieden: Nach Ende des zweiten Weltkriegs war auch das Ende aller Motorkraft gekommen, es gab keinen Treibstoff. Die Leistung der mit Holzgas betriebenen Laster war unzuverlässig und der Laderaum beengt, da er mit Säcken von Holzspänen belegt war, die zum Heizen des riesigen Kessels benötigt wurden. Seine über das Kriegsende hinaus mühsam geretteten zwei betagten Hannoveraner-Pferde, Anatol und Liese, – die anderen hatte er der Wehrmacht ›auf Nimmerwiedersehen‹ zur Verfügung stellen müssen –, waren für Transporte aller Art jetzt äußerst gefragt. Beliebt waren vor allem die bequem zurechtgemachten, motorlosen Personenkraftwagen vom Mercedes- bis zum Bugatti- PKW, bespannt mit Pferden, sodass das Gefährt fast einer komfortablen Kutsche mit Verdeck glich.

Sein Geschäft erlebte noch einmal einen unerhörten, wenngleich kurzen Aufschwung. Und so fühlte er sich am Ende seines Lebens in seiner Entscheidung bestätigt, zumal später die Geldentwertung der Währungsreform seine Rücklagen und Ersparnisse auf groteske Art schrumpfen ließ, was beide Eltern allerdings nicht mehr erlebt haben.

Wenn ich ein Raucher wäre, der ich nicht bin, würde ich mir jetzt eine Havanna – es muss ja keine ›Kanzler-Cohiba‹ sein – anstecken. Das muss ich Ihnen erklären: Durch den Rauch dieser Zigarre würde ich mich in meiner Phantasie um Jahrzehnte zurückversetzt fühlen, um ein wenig von der Atmosphäre zu schnuppern, die herrschte, wenn mein Vater mit dem Weinhändler oder unserem Nachbarn Krummbiegel wortlos und tief gebückt über dem Schachbrett saß und außer den lebhaft aufsteigenden, sich im Gegenlicht der Sonne kräuselnden Tabakwolken und dem Klacken der Schachfiguren beim Setzen kein Lebenszeichen zu erkennen war. Oswald Krummbiegel – ihn sollte ich noch erwähnen, weil er noch eine Rolle spielt – war ein schweigsamer Mann mit auffallend großen Händen, der mit seiner Frau und seinen acht – oder waren es zehn? – Kindern unserem Haus schräg gegenüber in einem lehmbeschlagenen niedrigen Kotten ohne elektrisches Licht und fließendes Wasser wohnte. Niemand kannte ihn genauer; er lebte zurückgezogen, irgendwann war er mit seinem sich ständig vergrößernden Anhang plötzlich da gewesen. Wovon er sich und die Seinen ernährte, außer dass er gelegentlich für meinen Vater als Kutscher tätig wurde und ein Stückchen Land bewirtschaftete, das Goldschmidt ihm am Rande seines Parks überlassen hatte, wusste niemand so recht. Aufgenommen in den Kreis der Schachspieler war er aus zwei einleuchtenden Gründen: Er hatte immer Zeit und war – vor allem – ein glänzender Schachspieler. Wo er das königliche Spiel gelernt hatte und woher er bestimmte Eröffnungen früherer Schach-Großmeister kannte und sogar Spiele von ihnen nachzuspielen in der Lage war, darüber sprach er nie.

Beim Spiel der Männer herrschte eine fast andächtige Stille. Paulinchen und ich sahen dem Schauspiel aus gebührender Entfernung, unter einem eichenen Esstisch verborgen, gebannt zu; aus der sicheren Deckung des schweren Möbels boten die herabhängenden Trotteln der Tischdecke zusätzlichen Sichtschutz. Paulinchen stupste mich an und deutete auf die bläulichen Schwaden: »Sieh mal, Addi«, flüsterte sie, »wie denen der Kopf beim Denken raucht ..., man kann es richtig sehen.« Ich war mir nicht sicher, ob sie das nicht wirklich meinte.

Die Männer spielten leidenschaftlich, ich konnte mir nicht vorstellen, dass sie irgendetwas in ihrem Leben, nicht einmal ihren geliebten Beruf, mit noch größerer Hingabe hätten betreiben können.

Irgendwann nach unendlich langer Zeit presste dann einer der beiden Spieler: »Matt« durch die Zähne, der Gegenspieler stöhnte auf und wischte die restlichen Figuren mit einer Handbewegung vom Brett: Das Zeichen zum Wiedererwachen. Man diskutierte noch kurz diesen oder jenen Zug, überlegte, was besser gewesen wäre, um die Niederlage zu verhindern, und trank den Cognac aus – das war's. Ich habe nie erlebt, dass mehr als ein Dutzend Sätze während dieser oft Stunden dauernden Partien gewechselt worden wären.

Entschuldigen Sie bitte, dass ich unterbreche, aber Frau Roscheck hat ein Anliegen: »Wie bitte?«

»Ich bin hier gleich fertig, Herr Doktor. Haben Sie noch einen Wunsch? Soll ich Ihnen noch den Nudelauflauf von gestern aufwärmen? – Ihre Tropfen stehen am Herd, damit Sie sie nicht immer vergessen. Und gehen Sie bitte noch eine Stunde aus dem Haus. Das hat Ihnen doch der Arzt verordnet.«

Ich musste lächeln: »Ja, vielen Dank, das Essen mache ich mir selbst warm, Sie sind eine gute fürsorgliche Seele.«

»Na, ja, wenn i c h mich nicht um Sie kümmere ...? – Sie hätten das Gebot aus dem 1. Buch Moses beachten sollen ...«, stöhnte Frau Roscheck, schon fast im Weggehen.

»Was meinen Sie damit, ich bin nicht so bibelfest wie Sie?«
Sie sah mich schulmeisterlich an: »Na, es ist nicht gut, dass der Mensch allein sei ..., so steht es da.- Außerdem sollten Sie sich mal nach einer anderen Bleibe umsehen«, dabei streifte ihr vorwurfsvoller Blick die tief durchhängenden, schwarzen Deckenbalken der Diele, »ehe Ihnen die Decke einstürzt, dann hätte ich vielleicht auch einen kürzeren und nicht so steilen Weg.«

Für ihren ersten Rat war es wohl zu spät, der zweite allerdings bedenkenswert, obwohl ich zugebe, dass ich an diesem brüchigen Gemäuer sehr hänge. Ich sah ihr durch das Fenster nach, als sie den kurzen Weg durch den Garten hinunterging, ihren Schirm fest gegen den schräg einfallenden Wind gestemmt. Zum ersten Mal bemerkte ich, dass sie humpelte. Wieviel wusste ich überhaupt von ihr? Nie hatte ich sie nach ihrem Befinden gefragt. Welche Fahrlässigkeit, ich würde es ändern ...

Bald schon entzog die mannshohe Ligusterhecke sie meinen Blicken. Eigentlich hätte ich sie noch fragen wollen, ob sie mir morgen etwas Gutes kochen würde, falls Paulinchen die Absicht haben sollte, meine Klause zu besichtigen. Aber vielleicht wäre das auch keine gute Idee, denn Frau Roschecks Kochkünste halten sich nach meiner Erfahrung in engen Grenzen, so zwischen Nudeleintopf und aufgetauter Pizza.

Ich bin also wieder allein und werde Ihnen nun weiter berichten, wenn Sie noch etwas Zeit haben. Moment, einen Portwein sollte ich mir zwischenzeitlich noch eben genehmigen, wenn Sie gestatten. Danke.

Also, wo war ich stehengeblieben? Ach ja, bei meinem Vater, dem Schachspiel und seinen Pferden. Aber ich wollte Ihnen doch von Paulinchen erzählen. Nun, beides lässt sich kaum von einander trennen. Wir alle gehörten zu einer Schicksalsgemeinschaft, die – eher unbewusst – in eine Katastrophe hineinsteuerte, deren Ausmaß und Auswirkungen sich damals niemand auch nur annähernd hätte vorstellen können.

Aber noch nahmen wir nichts von den bedrohlichen Gewitterwolken wahr, die sich am Horizont immer dunkler auftürmten. Paulinchen und ich verbrachten viel freie Zeit miteinander; das gelang, weil sich Goldschmidts betagte Haushälterin Agnes wenig um Paulinchens Freizeit kümmerte und meine Mutter ihre Bridgepartien meiner vertiefenden Erziehung vorzog.

Kaum waren die Schularbeiten geschafft, zog es uns durch die Feldmark hinaus in die Sandberge mit ihren krüppeligen Kiefern und dunklen Wacholderbüschen über dem Heidekraut, aus dem Paulinchen zur Zeit der Heideblüte leuchtend lila Kränze flocht, deren Verwendung mir immer ein Geheimnis geblieben ist, weil sie mir nie einen schenkte. Aber vielleicht ist das vierblättrige Kleeblatt, das mich an sie erinnert und bis heute Bestandteil meines kleinen Fotoalbums ist, viel wertvoller, falls es dazu beigetragen hat, dass mich das Unglück in meinem Leben nicht allzu oft heimgesucht hat ...

Ich sollte noch erwähnen, dass wir damals in einem gottverlassenen Winkel an der westlichen Grenze des Reiches lebten, einem Städtchen namens Moorvörden, wo sich Fuchs und Hase ›Gute Nacht‹ sagen. Uns störte es nicht, wir genossen unsere Freiheit und fühlten uns wie im Paradies. Denn von den politischen Unruhen jener Jahre, den Auseinandersetzungen, Schlägereien zwischen Kommunisten und Nazis in den Großstädten, der Massenverelendung und den Millionen Arbeitslosen erfuhren wir nur am Rande durch das Volksblatt, das die Eltern hielten; das alles war so weit fort wie heute etwa der Mond, nein, noch weiter. Das Unheil, das sich über uns zusammenbraute, spürten wir nicht. Auch die Erwachsenen hielten es lieber mit Goethe: Denn Kriegs – und Krisengeschrei war lange Zeit im Städtchen allenfalls ein Thema für Sonntagnachmittage beim behaglichen Kaffeetrinken nach dem Motto: Was stört es uns, »wenn hinten weit in der Türkei, die Völker aufeinander schlagen.« Das trieb damals allenfalls einen gruseligen Schauer über den Rücken.

Nun ja, so könnte in der beängstigend eng zusammen gerückten Welt von Heute auch ein Goethe nicht mehr so besänftigend schreiben ...

Wir Kinder erträumten und führten damals ein anderes, unser eigenes Leben: Wir ließen, wenn es die alltäglichen Pflichten und das Wetter gestatteten, die Enge der Stadt schnell hinter uns, durchstreiften Wiesen ohne Grenzen, Felder, deren junge Saat wir nicht achteten, und warfen uns im Sommer in das reife sonnendurchwärmte Korn am Mittag. Wir fingen im Mühlenbach die Stichlinge mit der bloßen Hand und brieten sie an kleinen Stöckchen über offenem Feuer, mit trockenem Moos in Brand gesetzt; wir bauten uns Butzen im gelben Sand und spielten Familie, wobei Paulinchens Puppe als Objekt für Erziehungsversuche herhalten musste, die, wie es schien, an uns selbst weniger erfolgreich vorgenommen wurden.

In aller kindlichen Unschuld waren wir schon früh davon überzeugt, für einander bestimmt zu sein; das war so selbstverständlich wie unser festgefügtes Zuhause und unser zufriedenes Leben in der Kleinstadt, unerschütterlich, für jetzt und alle Zeiten, komme, was da wolle. Ich wollte unser Bündnis nach Indianerart besiegeln und brachte mir zum Blutaustausch mit einem Messer eine längere Schnittwunde am Arm bei; aber Paulinchen hielt derartige Zeremonien für albern; sie sei schließlich keine Squaw und wolle auch keine werden, außerdem könne sie kein Blut sehen. Aber dann hat sie es mir trotzdem im Mühlenbach tapfer abgewaschen und die Wunde fachmännisch mit Blüten von Kamille und langen Gräsern verbunden, nach Indianerart.

Wenn die Dämmerung hereinbrach, hockten wir noch immer zusammen, um uns herum die schattengrünen Wacholderbüsche, über ihnen die jagenden Wolken, vom gelben Mondlicht übermalt. Dann musste ich auf Paulinchens Wunsch immer wieder Geschichten erzählen oder aus dem ›Niederdeutschen Sagenschatz‹ vorlesen, von der sengenden Moorhexe und andere Schauergeschichten, etwa von den im Moor Ertrunkenen, die jetzt als Irrlichter zwischen den hoch aufgeschichteten Torfsoden tanzten. Unvermittelt sprang dann Paulinchen nach einer Weile auf: »Jetzt reicht's, jetzt ist es schaurig genug, lass uns abhauen!« Und Hand in Hand rannten wir davon, als sei uns die Moorhexe schon auf den Fersen ...

Jahre später besuchte sie die Mädchen-Oberschule in der Nachbarstadt, ich das Gymnasium für Jungen, das keine Mädchen aufnahm. Trotzdem sahen wir uns auch jetzt fast täglich zu unseren kleinen Fluchten und ließen uns davon auch nicht durch meine Klavierstunden und ihren Reitunterricht abhalten. Natürlich schmiedeten wir Zukunftspläne, wie das junge Leute so machen, wenn sie ihrer Phantasie die Zügel schießen lassen und nicht nur in den Tag hinein leben. Ich wollte aber weder Weinhändler werden, noch mich in ein Pferdegeschirr spannen lassen. Ich hatte hochfliegende Pläne: Forscher vielleicht, in der Antarktis wie Amundsen, oder Pilot wie Lindbergh mit einem Flugzeug, das von Berlin nach New York fliegt, das müsste toll sein. Als Trapper wie Old Shatterhand, Sam Hawkins und all die anderen durch die Llano Estaccado zu ziehen, wäre sicher auch nicht ohne Reiz.

Paulinchen sah dann meist etwas skeptisch drein: »Für eine Familie wäre das alles nicht das Richtige, zu gefährlich; viel praktischer wäre es doch, eine Arztpraxis aufzumachen, Du als Allgemeinmediziner, ich als Kinderärztin, da könnten wir uns selbst behandeln und unsere Kinder gleich mit, was meinst Du?«

Ich hielt mich zurück, das entsprach eigentlich nicht meinen Vorstellungen, aber ich wollte Paulinchen nicht enttäuschen und widersprach deshalb nicht. Das musste ich auch nicht, weil ich wusste, es werde noch viel Wasser unseren Mühlenbach hinunterlaufen, ehe auf diese Fragen eine Antwort gegeben werden musste.

Ich lenkte lieber ab und schlug statt dessen an den – in meiner Erinnerung – herrlich warmen Sommertagen jener Jahre vor, ein Bad im Mühlenbach zu genießen, und zwar gleich hinter dem Wehr, wo das Wasser über rundgeschliffene Gesteinsbrocken sprudelnd und schäumend hinunterschießt. Das kühlte unsere Phantasie besonders und verscheuchte schnell alle unzeitgemäßen, verfrühten Zukunftsträume.

$\mathfrak{A}$ch ja, ich will gehorsam sein, dem Rat von Frau Roscheck folgen und einen Spaziergang machen, um morgen auf ihre strenge Nachfrage eine ehrliche Antwort geben zu können. Es regnet nicht mehr und der Wind hat sich gelegt. Gegen Mittag reisst hier oben oft der Himmel auf und lässt die Sonne einen kurzen Augenblick durch, während drunten im Tal die Wolken noch immer schwer auf Bergheim lasten und das Flusstal der Aare verhüllen; alles das vermittelt ein Gefühl, als ›schwebe man hier oben auf Wolken‹. Allmählich wird es nun auch wärmer, weil die Wolkendecke über der Aare die Wärme zurückstrahlt.

Ich nehme zumeist, wenn es meine nicht mehr an allen Tagen gleichstarke gesundheitliche Verfassung erlaubt, den Weg gleich hinter dem Haus. Er ist nicht jedermanns Sache, trittsicher sollte man sein und, wer nicht schwindelfrei ist, sollte niemals nach unten sehen, um etwa den Kühen beim Grasen zuzuschauen. Ich kenne den Weg wie meine ›Westentasche‹, er führt, mal auf Schotterwegen, mal auf steil abfallenden Bergpfaden, durch einen Bergwald mit rötliche Schatten werfenden, uralten Lärchen – sie sollen mehr als siebenhundert Jahre alt sein – hinauf zum Gipfel des Feldberges, wo ich mich in einer alten Baude neben der barocken Wallfahrtskapelle St. Emilia eine Weile verschnaufe und an dem herrlichen Blick erfreue, der – durch keinerlei Hindernisse verstellt – grenzenlos ist und die Seele weitet. – Dann werde ich weiter berichten und hoffe, dass ich nun bald zur Sache komme. Oder bin ich vielleicht doch schon mitten drin?

$\mathfrak{H}$ier oben lässt es sich aushalten: Meinen alten Knochen tut die Sonnenwärme des späten Mittags wohl, der weite Blick über wogendes lichtes Ocker in den verschiedensten farblichen Abstufungen des Herbstlaubes stärkt mein schwächer werdendes Augenlicht. Ist es nicht seltsam, dass es schöner ist, eine angenehme Landschaft zu betrachten, als sie zu betreten? Mir geht es so. Die Stille, die wir heute so entbehren müssen, kann ich hier noch hören; für manchen aus der lebhaften Welt dort unten mag es störend, irritierend sein, für mich eine Wohltat ...

Der Wirt der Baude kennt mich seit langem; ich brauche ihm keine Bestellung aufzugeben. Von sich aus stellt er mir zum Wein seinen selbstgemachten Hüttenkäse und kräftiges Brot auf den rohen Holztisch. Was brauche ich da noch den aufgewärmten Nudelauflauf von Frau Roscheck?!

Xaver Stapfinger, der Wirt, ist wortkarg wie alle hier oben. Das macht ihn auch wiederum sympathisch. Wenn er Zeit hat, setzt er sich neben mich auf die Bank. Es bedarf dann keiner vielen Worte: Zwischen uns alten Männern ist alles gesagt, was über das Leben und seine mitunter seltsamen Wege gesagt werden könnte. Aber wir sind uns einig darüber, welches Geschenk es bedeutet, hier oben der Welt fern und der Natur nahe zu sein. Wenn keine Gäste zu bewirten sind – im Spätherbst hat der Strom der Bergwanderer nachgelassen -, dann sitzt er wohl minutenlang schweigend neben mir, schaut über das weite Land, als sehe er es zum ersten Mal, bis er dann seine langstielige Pfeife mit dem Porzellankopf aus dem Mund nimmt und nach einem Blick zum verhangenen Himmel brummt: »'s gibt Schnee, morgen bestimmt, vielleicht eher, ich spür's.« Dann steht er auf, zieht seinen Speckhut noch ein wenig tiefer in die Stirn und geht statt eines Abschiedswortes mit einem kurzen Nicken seines kantigen Schädels in die Baude.

Jetzt wird es Zeit für mich. Denn der Xaver hat ein untrügliches Gespür für Wetterveränderungen.

Eigentlich wollte ich Ihnen ja hier auf diesem idyllischen Fleckchen bei einem mild funkelnden Roten etwas von meiner Geschichte weiter erzählen, aber es ist besser, dass ich mich jetzt spute, um nicht in allzu ungünstiges Wetter zu geraten. Die schmalen, schräg abfallenden Pfade hier oben können sehr schnell unwegsam und rutschig werden; wenn sich dann noch dick wattierte Wolken in Bäumen und Büschen versammeln und mit wehenden Schleiern die Sicht versperren, täte man gut daran, die Nacht unterwegs in einem der Heuschober zu verbringen. Aber so weit möchte ich es nach Möglichkeit nicht kommen lassen.

Ich habe es geschafft, mit Mühe, zwei Stunden mehr gerutscht als gegangen. Der Wirt hatte wieder einmal Recht behalten. Binnen weniger Minuten hatte sich die Sonne verdunkelt, das Thermometer war unter Null gesunken. Unterwegs begann es schon leicht zu schneien, etwas früh für die Jahreszeit. Meine Ausrüstung hatte ich bis auf die Bergschuhe leichtsinniger Weise darauf nicht eingestellt. Angefeuchtet und leicht durchgefroren muss ich mich jetzt erstmal vor dem Kamin trocknen, in dem die Scheite schon stark herunter gebrannt sind ...

Ein paar warme Wollsocken tun es auch und werden hoffentlich meine Phantasie beflügeln, sodass ich meiner Geschichte endlich Fortgang geben kann. Entschuldigen Sie bitte meine Trödelei ... und gehen Sie bitte nicht fort. Denn vielleicht brauche ich doch noch Ihren Rat für Morgen, wenn Paulinchen kommt. Wenn Sie mir weiter zuhören, werden Sie die Gründe für meine Ratlosigkeit erfahren. – So, jetzt noch einen heißen Tee mit einem Schuss Rotwein, das hilft.

Wie ich schon sagte, wir glaubten damals, es werde alles so weitergehen, festgefügt, wie sich das Leben hier im Gleichmaß eines beständigen Wechsels von Generation zu Generation abgespielt hatte. Die große Politik war an unserem Grenzland immer vorübergegangen, manchmal hatte man nicht einmal mitbekommen, welcher Landesherr gerade die Herrschaft übernommen hatte, mal war es ein Fürstbischof, dann ein Graf oder sogar ein König, dessen Residenz weitab in Preußen lag; in Moorvörden spürte man die Herrschaft nur, wenn gerade wieder die Steuern erhöht oder junge Burschen zum Militärdienst ausgehoben wurden. Im übrigen war es so, dass der Vater wusste, dass der Erstgeborene einmal den Hof oder alteingesessenen Betrieb übernehmen werde und die Tochter wusste frühzeitig, welcher Jüngling sie zum Traualtar führen dürfe, vorausgesetzt, die voreheliche ›Probier‹ war erfolgreich und hatte zur Geburt des männlichen (Hof-)Erben geführt.

Das alles war vorbestimmt und von den Eltern rechtzeitig eingefädelt, damit die Standesordnung gewahrt blieb und möglichst auch Geld wieder zu Geld kam. Dass diese über Jahrhunderte gewachsene, Planungssicherheit gebende, ja – wie man es empfand – gottgewollte Lebensform einmal Brüche, Risse und Verwerfungen bis zur Unkenntlichkeit erhalten würde – das konnte niemand ahnen, geschweige denn, es sich vorstellen.

Selbst die, die warnend den Finger heben wollten, ließen sich beschwichtigen: ›Ach, es wird doch alles nicht so heiß gegessen ...‹, und Jahre später, während der Anfänge des Dritten Reiches glaubte man sogar, Anlass zum Triumphieren zu haben: ›Na, hat die neue Regierung nicht große Erfolge aufzuweisen ...?‹. Und die Spökenkieker, von denen es immer weniger gab, die aber immer noch ihre schlimmen Ahnungen kundtaten, hielt man für noch verdrehter als sie ohnehin schon waren und brachte viele von ihnen nach 1933 endgültig zum Schweigen.

Hatte nicht sogar Goldschmidt, dem man politischen Sachverstand wie keinem anderen in der Stadt zutraute, beruhigend auf die Leute eingewirkt, als er von seinem letzten Besuch in Berlin berichtete, wo er den ›Österreicher‹ im Sportpalast erlebt hatte? Er könne sich nicht vorstellen, so hatte er die Lage eingeschätzt, dass dieser Mann einmal die Macht übernehmen könne; zweifellos habe Hitler Anklang und Zulauf; auch wenn der Inhalt seiner Reden keineswegs überzeugende Perspektiven aufzeige, habe der Mann doch etwas Suggestives, womit er die Massen in den Bann schlage, das müsse man ihm schon lassen, aber damit allein könne man noch keine Politik machen ...

Aber dann hatte Goldschmidt doch bedenklich die Stirn gekraust und hinzugesetzt: »Aber diese Republik«, er meinte die ›Weimarer‹«, kann aber so schwach, wie sie sich darstellt, wohl auch keinen Bestand haben.«

Und dann hatten einige Leute genickt, andere ihn ratlos angesehen. Und es gab schon etliche, die sich für spätere Zeiten ihre Notizen machten, heimlich, denn noch hatten die Nazis in diesem abgelegenen Winkel des Deutschen Reiches wenig zu sagen; die Zentrums-Partei beherrschte bis 1933 die politische Szene in der Stadt und ließ die NSDAP bei Wahlen stets weit hinter sich.

Mein Vater hatte dem Weinhändler, den er nicht nur wegen seiner politischen Erfahrungen schätzte, vorsichtig widersprochen: Er, der Frontkämpfer von 1914, vermisse wie viele andere auch eine straffe Führung, so sagte er, wie sie die Deutschen seit Kaisers Zeiten gewohnt seien. Der Deutsche wolle wieder eine Führerpersönlichkeit, die klar sage, wo es lang gehe; diese Art von Demokratie, in der sich die Parteien nur bekämpften, aber nichts beschickten und die Probleme, vor allem die verheerende Massenarbeitslosigkeit, nicht lösten, habe der Bürger satt. Eine starke Hand sei vonnöten.

Sicher, hatte Goldschmidt eingeräumt, Hitler hat Zulauf, gewiss; das nicht zu sehen, hieße, die Augen vor der Wirklichkeit zu verschließen: »Er bemüht sich, nicht ohne Erfolg, das Vakuum zu besetzen, das der Kaiser bei seiner Abdankung hinterlassen hat.

Man sieht seine Anhänger ja sogar auch schon hier in unserem Städtchen in ihren braunen Uniformen, wie sie sich anschicken, alles zu bestimmen und wie der bürgerliche Widerstand allmählich erlahmt. – Aber ich kann mir beim besten Willen nicht vorstellen, dass dieser Mann aus Österreich der Richtige für uns ist, zumal – wie ich aus Berlin weiß – der Reichspräsident Hindenburg nichts von ihm hält. Und ohne den geht es nicht; er muss ihn schließlich ernennen.«

Ich habe diese Sätze noch wörtlich in Erinnerung, vielleicht, weil sie so überzeugend klangen und keine Zweifel zuließen.

Aber Goldschmidts politische Spürnase sollte sich wie bei vielen irren. Am 30. Januar 1933 wurde Hitler von Hindenburg bekanntlich zum Reichskanzler ernannt.

Zum ersten Mal kamen die Männer beim abendlichen Schach nicht voran, schon nach der Eröffnung geriet das Spiel ins Stocken. Etwas verloren standen drei Bauern und ein Springer gelangweilt und bewegungslos im schwarzweissen Feld herum, während die Männer entgegen ihrer Gewohnheit ihr Schweigen beim Spiel unterbrachen, weil ihnen die neue politische Lage keine Ruhe ließ und besprochen werden wollte:

»Na ja, vielleicht hatte Hindenburg ja keine andere Wahl«, sinnierte Goldschmidt, »aber Hitler muss ja nun mangels eigener Mehrheit eine bürgerliche Koalition bilden, hat also ›Aufpasser‹ um sich herum, die ihn bremsen können, denke ich mal, wenn er übertreiben sollte. Außerdem wollen die Konservativen im Kabinett, wie der Hugenberg, ja die Monarchie wiederherstellen; das wird Hitlers Machthunger wohl besänftigen.« Aber Goldschmidts Gesichtsausdruck verriet, dass er von dem, was er sagte, nicht mehr wirklich überzeugt war.

Die Männer wogen Argumente ab, erörterten das ›Für und Wider‹ lang und breit, drehten sich schließlich im Kreise. Vom Nebenzimmer aus konnte ich alles verfolgen, während ich einen Hausaufsatz entwarf, dessen genaues Thema ich vergessen habe; es hatte, glaube ich, mit Napoleons Aufstieg zu tun.

Unter dem eichenen Esstisch saßen Paulinchen und ich beim Schachspiel der Männer schon längst nicht mehr, und nicht nur, weil unser beider Wachstum mit dem zur Verfügung stehenden Raum unter dem Tisch nicht mehr in Einklang zu bringen war.

Trotz unserer politischen Unbefangenheit spürten wir, dass sich Veränderungen anbahnten, die unser Leben und das der Kleinstadt von Grund auf umgestalten würden. Mit der Beschaulichkeit und vielleicht auch unseren Plänen werde es nun wohl doch zumindest vorläufig ein Ende haben.

Trotzdem versuchten wir, so gut es ging, unser früheres Leben, dem Alter entsprechend, fortzusetzen. Wir gingen nun, wenn das Taschengeld reichte, ins Kino, schmolzen dahin, wenn mit Lilian Harvey und Willi Fritsch der ›Kongress tanzt‹, und nutzten dann die Gelegenheit, uns eng aneinander zu kuscheln. Dazu hatten wir angesichts der vielen beobachtenden Augen, die in einer Kleinstadt niemals schlafen, wenig Gelegenheit, außer, wir machten unsere Ausflüge in Moor und Heide, aus der wir bei unserer Rückkehr nur auf das missbilligende leichte Stirnrunzeln von Agnes, Goldschmidts Haushälterin, trafen, weil es ihr oblag, in mühevoller Kleinarbeit Paulinchens verknautschte Kleidung von hartnäckigen Grasflecken zu reinigen.

Gemeinsam besuchten wir die Tanzstunde bei Leonidas, der mit seiner schmalzigen Haartolle und seinem zwar geschmeidigen, aber doch schmächtigen Körper so gar nichts gemein hatte mit jenem antiken Helden, den wir uns vorstellten, wie er an den Thermopylen der überlegenen türkischen Streitmacht mit seinen dreihundert Kriegern getrotzt hatte.

Aber unbeschwert Walzer und Tango zu genießen, war schon nicht mehr ganz einfach. Wenn wir aus der Tanzstunde kamen, lungerten vor dem Eingang undefinierbare Typen herum, die uns hämisch angrinsten und auch hinter uns herzischten, wovon ich noch ›Judensau‹ in Erinnerung habe. Wir ignorierten das, es entsprach nicht, wie wir meinten, unserem Niveau, uns mit diesen geistig Minderbemittelten anzulegen. Bis mir doch einmal der Kragen platzte, und ich mir einen von ihnen, der vor uns ausgespuckt hatte, an der Kehle packte und ihn mit solcher Wut schüttelte, dass ihm die Luft wegblieb und er, als mir Paulinchen in den Arm fiel und ich ihn losließ, erschrocken das Weite suchte. »Lass Dich hier ja nicht noch einmal blicken, dann kannst Du was erleben«, rief ich ihm nach. Aus sicherer Entfernung hob er die Faust, eine unverständliche Verwünschung folgte.

Aber die Freude verging uns, wir haben die Tanzstunde aufgegeben, zumal unser Leonidas immer weniger zur Verfügung stand, einige Wochen später war er verschwunden. Er habe sich nach Griechenland abgesetzt, hieß es. Paulinchen hatte außerdem ein anderes Feld für ihre Interessen gefunden. Neben ihrer ungebrochenen Liebe für die Reitkunst, der ich nichts abgewinnen konnte, schwärmte sie jetzt leidenschaftlich für Benny Goodman; seine Klarinetten-Technik und seine »Legato-Schleifen«, über die sie mir lange Vorträge halten konnte, hatten es ihr angetan. Mit unserem gemeinsamen Freund aus der Tanzstunde, Benno Brinkholte, teilte sie diese Vorliebe und konnte mit ihm und seiner umfangreichen Plattensammlung stundenlang »Sing, sing, sing ...« hören. Dann saßen die beiden wohl einträchtig nebeneinander auf einem Sofa und strahlten sich beim ›Fingerschnippen‹ an, so stellte ich es mir in meiner von Eifersucht nicht ganz unbeeinflussten Phantasie jedenfalls vor.

So wäre Paulinchen mir fast abhanden gekommen, weil ich ihre Begeisterung nicht teilte und, was meine musikalischen Fertigkeiten anbelangte, im Klavierunterricht über die Klavierschule von Clementi nicht hinausgekommen war. Paulinchen spürte meine Verstimmung und auf ihre Frage gab ich ihr eine harte Antwort, die ich sogleich bedauerte: »Wenn Dir Brinkholte und sein Jazz so viel wert sind, sag' es und wir sind geschiedene Leute.« Sie schwieg, schüttelte nur leicht den Kopf und sah mich sehr traurig an. Ich hatte sie sehr gekränkt.

Um es halbwegs wieder gut zu machen, setzte ich meine im Verhältnis zu Benny Goodman bescheidenen Mittel ein und versuchte sie für Berthold Brecht, die ›Seeräuber-Jenny‹ und den Haifisch, der Zähne im Gesicht hat, zu begeistern; aber Brecht'sche Literatur konnte es nicht einmal mit Duke Ellington und Tommy Dorsey, geschweige denn mit ›Benny‹ aufnehmen und wurde ohnehin schon bald aus den Wohnzimmern verbannt, denn Brecht war unwillkommene Literatur; statt dessen beherrschten Karl May und Sven Hedin immer mehr die Szene. Aber davon wollte Paulinchen nun wiederum nichts wissen.

Ganz genau entsinne ich mich, dass wir uns in den ›Park-Licht-spielen‹ in den Film vom ›Blauen Engel‹ hineingemogelt hatten, obwohl wir noch nicht das zulässige Alter hatten. Paulinchen und ich staunten über den Niedergang eines Studienrats, damals ›Professor‹ genannt; wir hatten die Lehrer doch ganz anders erlebt. Und Paulinchen meinte: »Irgendwie war der Film spannend, er hat mich innerlich schon mitgenommen, aber solche Lehrer wie den Professor Unrat – die gibt es doch gar nicht, oder Addi?« Ich zuckte nur mit den Achseln, ich kannte auch keinen, aber das besagte ja nichts, schließlich lebten wir fern großstädtischer Versuchungen in einer Kleinstadt, in der Sittlichkeit und Moral herrschten. Milli Brömke's Eckkneipe ›Zum letzten Heller‹, aus der spät abends die Betrunkenen heraustaumelten, hielten wir schon für den Gipfel moralischer Verworfenheit, obwohl in diesem bürgerlichen Etablissement bestimmt keine leichtgeschürzten Mädchen filmreif auf einem Bierfass frivole Liedchen trällerten.

Was wussten wir schon über menschliche Abgründe, in die der Mensch, konnte man dem Film trauen, offenbar leicht stürzen kann?!

Aber schon hagelte es auch Proteste gegen diesen – in Augen bestimmter Kreise – dekadenten Streifen und während der Vorführung dröhnten von draußen die Marschtritte vorbeiziehender Hitlerjungen mit ihrem neuen Kampflied: »Unsere Fahne flattert uns voran, in die Zukunft zieh'n wir Mann für Mann ...« Und dann kam noch der Reim mit Tod und Ewigkeit, die immer lauter beschworen wurden.

Anfang April 1933, es war ein Sonnabend, an den ich mich deshalb erinnere, weil mein Vater nur sonnabends einzukaufen pflegte, klebte an Goldschmidts Ladentür ein Plakat mit knallig gelber Aufschrift: »Deutsche, wehrt Euch! Kauft nicht bei Juden.«

Ein gelangweilter, trotzdem scharf beobachtender SA-Mann stand in der Nähe des Eingangs, um Kaufwillige vom Betreten des Geschäfts abzuhalten. Mein Vater, den ich begleitete, weil er gerade mit meiner Hilfe seinen Vorrat an Wein aufzufüllen beabsichtigte, stutzte, als er das Geschäft betreten wollte, schüttelte den Kopf, nahm das Papier ab, faltete es einmal und steckte es einer der steinernen nackten Nymphen, die die Weinhandlung bewachten, unter den Arm. Dem SA-Mann verschlug es die Sprache; er runzelte die Stirn, öffnete den Mund zu einem Protest, klaubte dann aber wortlos das Plakat vom Arm der steinernen Schönen.

Im Laden traf Vater auf seinen Schachpartner. »Was ist das denn hier?«, und er wies mit dem Daumen über den Rücken auf den SA-Mann, der dabei war, den Zettel mit Reißnägeln wieder in den Türrahmen zu pieken.

»Ach was«, der erstaunlich gelassen hinter seinem Tresen wirtschaftende Weinhändler machte eine wegwerfende Handbewegung, »nimm das nicht ernst. Du weißt doch: ›Durch Heftigkeit ersetzt der Irrende, was ihm an Wahrheit und an Kräften fehlt‹ – Tasso, wenn ich mich nicht irre. Ein Dummer- Jungen-Streich da draußen, nichts weiter.«

»Aber einige scheinen das doch ernst zu nehmen, denn Dein Laden ist leer, wie ich sehe, was sonnabends zu dieser Tageszeit eher ungewöhnlich ist.«

»Das geht vorüber«, versuchte Goldschmidt zu beruhigen, »wenn die neue Regierung erst mal fest im Sattel sitzt, wird sie diese Auswüchse einiger Wirrköpfe in den Griff bekommen.«

Mein Vater machte ein bedenkliches Gesicht: »Ich weiß nicht, was ich davon halten soll, aber, Wilhelm, es wirkt doch ziemlich gut organisiert, was da abläuft, zu leicht solltest Du das nicht nehmen ...«

»Ach was, Fritz, komm her, halten wir uns an Schopenhauer: Nur die Gegenwart ist real, Vergangenheit und Zukunft waren und sind nie so, wie wir sie uns vorstellen, es kommt doch immer anders. Aber dieser gute Tropfen hier«, und dabei hob er sein Glas mit einem genüsslichen Schnalzen gegen das Licht, »dieser Wein, ein Rothschild-Lafitte, Jahrgang 1912, echte Vorkriegsware, ha, ha, der ist real, das ist das wahre Leben und verscheucht alle Grillen, na, fast alle, Prost, mein Lieber.«

»Du liebst Zitate, Wilhelm«, erwiderte nachdenklich mein Vater, während er sein Glas prüfend gegen das Licht hielt, »dann will ich Dir noch eines von Deinem weit vorausschauenden, leider zu früh verstorbenen Freund Stresemann erzählen: ›Das Gebet der Deutschen lautet: ›Unsere tägliche Illusion gib uns heute‹.

Meinem Vater war der Spaß an einer ausführlichen Degustation, die er bei seinen Besuchen nie versäumte und sie geradezu wie eine heilige Handlung zu zelebrieren pflegte, vergangen; hastig suchte er einige Tischweine aus, die wir dann draußen vor dem Laden auf einem Handkarren verstauten. Der SA-Mann sah uns während der ganzen Zeit mit einem hämischen Grinsen auf penetrante Weise zu; offenbar erwartete er einen erneuten Angriff auf sein Pamphlet, aber mein Vater machte keine Anstalten und trieb mich an, schnell den Platz zu verlassen.

Beim Mittagessen, dem mein Vater immer mit gutem Appetit zuzusprechen pflegte, legte er schon nach drei Bissen, Messer und Gabel aus der Hand und wandte sich an meine Mutter:

»Viola« – mit ihrem Vornamen redete er sie nur an, wenn ihn etwas besonders stark beschäftigte, sonst benutzte er die deutsche Übersetzung: ›Veilchen‹. »Viola, stell' Dir doch nur mal vor, was mir heute passiert ist«, und dann berichtete er über das Erlebnis bei Goldschmidt.

»Aber das ist noch nicht alles«, fuhr er fort, »vor einer Stunde war Krummbiegel bei mir im Büro. – Du kennst ja unseren Nachbarn von Gegenüber, meinen Schachpartner. – Erst habe ich ihn gar nicht erkannt. Alle Wetter, hat der sich rausgemacht! Von Kopf bis Fuß geschniegelt, in einer braunen Uniform, mit Koppel und Schulterriemen, gewichsten Schaftstiefeln und so weiter. Überhaupt nicht mehr zu vergleichen mit unserem bescheidenen

Nachbarn von nebenan ... Was so eine Uniform doch aus einem Menschen macht!«

»Na, und was wollte er?« Meine Mutter wurde ungeduldig, da sie in dem versonnenen Blick meines Vaters Erinnerungen an seine Zeit als Offizier im ersten Weltkrieg aufkeimen spürte, was bei ihm regelmäßig langatmige Ausführungen über seine Kriegserlebnisse an der Marne und in Flandern zur Folge hatte, die sie längst kannte. Und so ließ sie, um ihre Ungeduld zu unterstreichen, ihr Essbesteck entgegen ihrer sonst stets untadeligen Tischmanieren mit Aplomb auf den Teller fallen: Rums!

»Na, was wohl ...?«, stotterte mein Vater, aus Träumereien unsanft geweckt, »Krummbiegel wollte mich warnen; immerhin seien wir doch gute alte Bekannte, deshalb möchte er nicht, dass ich mich in Schwierigkeiten bringe. Das solle ich nicht noch einmal tun und eine Anordnung der neuen Regierung und vor allem der Partei boykottieren. Das könne gefährlich sein, zumal ich mich damit offensichtlich gegen diese notwendigen Maßnahmen wende. Es könne doch auch nur in meinem Sinne sein, wenn Ausbeutern das Handwerk gelegt werde und Juden, Kapitalisten und Kommunisten aus unserem Wirtschaftsleben verschwänden. Er meine es nur gut mit mir und meiner Familie und werde die Sache mit dem abgerissenen Boykottzettel, was übrigens eine strafbare Sachbeschädigung gewesen sei, nicht weiter verfolgen. Im übrigen empfehle er mir, alsbald um Aufnahme in die Partei nachzusuchen, da ich mich als Offizier des ersten Weltkrieges dem Neuaufbau unseres Staates nicht entziehen dürfe, was im übrigen auch für unseren Sohn gelte. – Dass wir unseren Umgang mit dem Weinhändler und seiner Familie überdenken sollten, verstehe sich wohl von selbst. Auf Schachspiel müsse er selbst angesichts seiner neuen zahlreichen Aufgaben künftig leider verzichten, außer mit dem Herrn Gauleiter natürlich, den er schon zweimal habe gewinnen lassen, ha, ha.‹

– So ungefähr die Worte des Herrn Oberscharführer Oswald Krummbiegel!«

»Das ist ja empörend, was bildet dieser Mensch sich eigentlich ein?« Meine Mutter war außer sich, wie ich sie bis zu diesem Augenblick nicht kennen gelernt hatte: »Nach diesem anmaßenden Auftritt wirst Du ihn doch sofort hinausgeworfen haben!?«

»Das wäre in dieser Situation bestimmt das Dümmste gewesen, was ich hätte tun sollen«, widersprach mein Vater gegen seine Gewohnheit, hob aber sogleich beschwichtigend beide Hände:

»Lieber Herr Krummbiegel«, habe ich ihm geantwortet, aber schon diese Anrede fand der Oberscharführer despektierlich, was ich seiner sauertöpfischen Miene, die ich geflissentlich übersehen habe, entnehmen konnte: ›Ihre gutgemeinten Ratschläge werde ich natürlich beherzigen, soweit ich kann, aber welchen Umgang ich pflege, das müssen Sie mir schon überlassen. Mit dem Weinhändler verbindet mich – und nach meiner Erinnerung auch S i e – doch eine jahrelange Freundschaft und ich sehe nicht, was diese getrübt haben könnte, bloß, weil jetzt Ihre Parteigenossen an der Regierung sind … Sie, Krummbiegel, kennen doch diesen angesehenen und verdienten Bürger unserer Stadt lange genug, dem man nun beileibe nicht nachsagen kann, er sei – was? – ein Ausbeuter, geradezu lächerlich, dieser Wohltäter … Und was noch? Kommunist, albern, Kapitalist? Was ist das überhaupt? Und Jude? Das weiß ich erst, seit Sie es mir gesagt haben. Ist das ein Verbrechen?‹ – ›Na ja,‹ hat Krummbiegel nur gebrummt, für den das Gespräch wohl eine für ihn unangenehme Wendung zu bekommen schien, und hat dann noch kaum hörbar hinzugefügt, ›vielleicht erledigt sich dies Problem ja auch auf andere Weise, ganz von selbst.‹«

»Was kann er damit gemeint haben: Erledigt sich von selbst?«

Diese Frage meiner Mutter muss aus heutiger Sicht, mit einem Abstand von vielen Jahrzehnten, als naiv angesehen werden. Aber damals – damals war sie es nicht. Mein Vater antwortete nicht, lenkte, aus welchen Gründen auch immer, ab und gab mir den Rat, es sei besser, mich umgehend bei der Hitler-Jugend einschreiben – ja, ›einschreiben‹ wie ein Student an der Uni – zu lassen. »Vielleicht« – das habe ich auch noch im Ohr – setzte er augenzwinkernd hinzu,

»werden Dir da mal ein paar preußische Tugenden beigebracht, wie zum Beispiel Fleiß, Ordnung und Disziplin. Und Dir als Einzelkind kann etwas mehr Sinn für das Leben in einer Gemeinschaft ja auch nicht schaden.«

Meine Mutter verdrehte hilfesuchend ihre Augen gen Himmel und sah meinen Vater dann vorwurfsvoll schweigend längere Zeit an.

$\mathfrak{I}$ch hatte keine Vorstellungen, was mich in dieser Hitler-Jugend, die bald alle anderen Jugendorganisationen von der sozialistischen Arbeiterjugend, den Falken, bis zum ›Wandervogel‹ und Pfadfindern ablöste, erwarten würde.

Von einigen Mitschülern, die schon früh der Hitlerjugend beigetreten waren, wusste ich zwar, dass ihnen der Dienst in der HJ mit Disziplin und Kameradschaft und allem ›Drum und Dran‹, wie Lagerfeuer, Fahnenweihe und Fackelumzügen, für ihr ›Ego‹, ihr Selbstwertgefühl, viel gebracht hatte; sie schwärmten von den Erlebnissen in der Gemeinschaft und waren fasziniert von dem Gedanken, an einer neuen besseren Welt, die es noch nie gegeben hatte, mitzuwirken: ›Nur in der Jugend liegt die Zukunft Deutschlands‹, zitierten sie selbstbewusst ihren Führer, wenn viele aus der Klasse dem Treiben noch zurückhaltend, sogar skeptisch gegenüber standen. Einigen von uns hinterließ der Auftritt nachhaltigen Eindruck, andere wiederum wandten sich mit dem Wort »Spinner« ab, einstweilen jedenfalls, bis sie dann ab 1936 alle vereinnahmt und verpflichtet wurden.

Auch mir hatte das nationale völkische Getue mit seinen monströsen militärischen Ritualen bislang wenig Eindruck gemacht, das war nicht meine Welt und ich wusste auch nicht, ob ich da mitmachen wollte. Schon die anderen Jugendbünde hatten mich nicht gereizt, ich war wohl eher ein Einzelgänger und hatte meine freie Zeit viel lieber mit Paulinchen in der von uns gezimmerten eigenen Welt verbracht.

Trotzdem entsprach ich dem Wunsch meines Vaters, der wohl

glaubte, mich in dieser Zeit völkisch ausgerichteter Zusammenballungen vor einem Leben als Aussenseiter bewahren zu müssen; ein wenig spielte bei meiner Entscheidung aber auch der Gedanke eine Rolle, auf diese Weise in der Klasse den Hänseleien und Anspielungen auf meine nicht verborgen gebliebene Freundschaft mit Paulinchen entgehen zu können, wenn ich mich nach aussen zu den Zielen der neuen Jugendbewegung bekannte. Heute empfinde ich es allerdings als taktlosen Fehler, dessen Tragweite ich damals nicht bedachte, als ich zum Rendezvous mit Paulinchen bei ihr Zuhause in meinem neuen Braunhemd erschien. Ich gebe zu, ich war ein bisschen stolz auf mein neues – wie sagt man heute? – outfit. Aber bei Paulinchen verfehlte mein Aufzug die beabsichtigte Wirkung, der ›Zauber der Montur‹ verfing nicht. Ohne den guten Schnitt des festen Hemdstoffes der Uniform überhaupt nur näher in Augenschein genommen zu haben, befand sie kurz und bündig: »Sie steht Dir nicht«.

Dann erfuhr ich, dass Paulinchen, die gar nicht die Absicht gehabt hatte, dem Bund Deutscher Mädchen (BDM) beizutreten, einen Hinweis erhalten hatte, dass sie mangels arischer Abstammung für eine Aufnahme in den Mädchenbund nicht in Betracht komme.

»Weißt Du eigentlich genau, was ein Arier ist?«, fragte sie und sah mich forschend von unten herauf an.

»Tja«, druckste ich herum, »wohl irgendeine Rasse, die blond und blauäugig ist und wohl in besonderem Maße durch den nordischen Typ verkörpert wird. »

»Na, dann bist Du aber auch kein Arier und die Spitzen der Partei auch nicht«, versuchte sie ein Lächeln und setzte dann nachdenklich hinzu: »Irgendwas stimmt da nicht: Mein Vater ist ja nun wirklich blond und blauäugig, aber angeblich kein Arier.«

Ich wollte ihr noch erwidern, dass es wohl auch nicht allein auf die äußeren Merkmale ankomme, weil ›Arier‹ im eigentlichen Sinne wohl die ›Edelen‹ der indogermanischen Völker in Indien und dem Iran gewesen seien. Aber das unterließ ich, weil das auch wieder nicht stimmen konnte, wenn ich etwa Wilhelm Goldschmidt mit Oswald Krummbiegel verglich. Warum sollte wohl Krummbiegel ›edler‹ sein? Und warum mussten wir überhaupt Inder und Iraner bemühen, um sie dann als nordische Rasse hier in eine Rassenideologie einzubauen? Das erschien mir ziemlich kraus, aber damals war ich überzeugt: Die Fachleute der Partei werden sich schon etwas dabei gedacht haben ...

Während ich noch darüber nachsann, fiel mir auf, dass Paulinchen während unserer Unterhaltung nebenbei etliche hauswirtschaftliche Verrichtungen erledigte und sich dann selbst das Essen zubereitete, was ich noch nie gesehen hatte. Als ich deshalb nach Agnes fragte, der fürsorglichen alten Haushälterin, antwortete Paulinchen, ohne von ihrer Arbeit aufzusehen: »Agnes hilft Vater jetzt im Geschäft.«

»Wieso das, die versteht doch nichts von Wein..?«

Paulinchen zog die Schultern hoch: »Papa darf keine arischen deutschen Frauen unter 45 Jahren mehr in seiner Weinhandlung beschäftigen. Und männliche Verkäufer bekommt er ohnehin nicht.«

»Und warum nicht ...?«

Sie sah mich erstaunt an: »Aber Addi, tust Du jetzt nur so oder weißt Du es wirklich nicht?! Lebst Du im Muspott? Jetzt, wo Du das braune Hemd trägst, solltest Du es doch gerade ganz genau wissen ... Außerdem: Haben wir nicht gerade darüber gesprochen?«

In den Boden hätte ich versinken mögen. Unser Rendezvous wurde noch trauriger, als sie noch hinzufügte, es sei wohl besser, wenn wir uns in Zukunft weniger oder gar nicht sehen.

»Paulinchen, wie meinst Du das, das kann Dein Ernst nicht sein. Stört Dich dieses Hemd? Das kann ich doch künftig weglassen. Oder ist es vielleicht auch wegen Benno Brinkholte? Ist es das, ziehst Du ihn jetzt vor?«

»In welche Richtung denkst Du eigentlich?«, war ihre damals seltsam anmutende Antwort, die mir zu schaffen machte, weil ich sie nicht verstand.

$\mathfrak{J}$ch will mich nicht herausreden und gebe zu, dass ich in der nachfolgenden Zeit unsere Treffen vernachlässigt habe, ich glaube aber nicht, wie man jetzt vermuten könnte, dass es Feigheit war, denn ich habe auch zu Paulinchen gestanden, als wir vor der Tanzschule übel beschimpft wurden und ich sie auch vor meinen Mitschülern verteidigen musste; außerdem hatten wir ja unseren festen Glauben nicht aufgegeben, für einander bestimmt zu sein, um später ein gemeinsames Leben führen zu können, ob nach ihren Vorstellungen oder meinen, sei einmal dahingestellt ... Nein, es war wohl die anderweitige starke zeitliche Inanspruchnahme durch die neuen Aufgaben und Herausforderungen, erschloss sich mir doch eine ganz neue Welt, nachdem ich zuvor der Hitler-Jugend eher ablehnend gegenüber gestanden hatte; sie war voller verführerischer Reize für einen Jungen, mit Perspektiven, die über den bisherigen engen Horizont, der durch das abseitige Dasein in Moorvörden geprägt und begrenzt wurde, weit hinausgingen. Dieses Leben zwischen Dienst und Gehorsam, Gemeinschaftsgeist und strenger Hierarchie, die jedem Jungen einen Aufstieg innerhalb der Organisation ermöglichte, übte eine eigenartige Anziehungskraft aus und schlug mich immer stärker in seinen Bann, je mehr ich mich auf alles einließ. Ich verdrängte allmählich mein früheres Leben, ein anderes war jetzt in den Mittelpunkt gerückt und beherrschte mich immer mehr, je mehr ich eintauchte in diese Welt von Kameradschaft und Lagerfeuer, Befehl und Gehorsam. Fackelumzüge, Wimpelweihe,

Aufmärsche und Paraden – alles pompöse Inszenierungen, die die beabsichtigte Wirkung nicht mehr verfehlten. Dazu das vermittelte Gefühl, einer jungen Elite anzugehören, mit der eine neue, eine bessere Welt geschaffen werden sollte. – Ich kann das heute kaum noch nachempfinden, verstehen schon. Aus damaliger Sicht war alles nicht ohne Plausibilität und eine gewisse Zwangsläufigkeit, die nach und nach eine Eigendynamik entfaltete, aus der es kein Entrinnen gab, sofern man es überhaupt wollte ...

Die Worte des jungen Bannführers hatten für uns etwas Bestechendes, gruben sich ein : ›Wir setzen auf Euch, auf die Jugend, nachdem die ältere Generation seit der schmählichen Niederlage 1918 völlig versagt hat. Ihr allein seid Deutschlands Zukunft, werdet die Schmach von Versailles vergessen lassen und unser Vaterland zu einer Größe führen, die es bislang noch nie erreicht hat. Ihr werdet die Baumeister eines Reiches sein, das tausend Jahre Bestand hat.‹

Das unterstrich unsere Wichtigkeit, steigerte unser Selbstbewusstsein in eine gefährliche Höhe, die uns sogar über Elternhaus und Schule erhob. Denn bislang hatte es doch stets geheißen: ›Was Eltern und Lehrer sagen, steht außerhalb jeder Kritik.‹ Das sollte nun anders werden. Und wenn man bedenkt, wie die ältere Generation seit dem ersten Weltkrieg das Leben mehr schlecht als recht in den Griff bekommen hatte, war es irgendwie auch überzeugend, wenn auf neue unverbrauchte Kräfte gesetzt wurde. Dass sich hinter allem eine perfide Strategie verbarg, deren Ziel nur eine straffe vormilitärische Ausbildung mit kritikloser Ausrichtung auf den einzigen Führer sein konnte, war nur wenigen erkennbar. Wer von ihnen es äußerte, war verloren.

Ich war kaum der Hitler-Jugend beigetreten, als ich bereits zu einem – heute würde man sagen – ›Crash-Kursus‹ abgeordnet wurde, in dem mir quasi im Schnelldurchlauf von drei Wochen die Grundsätze der Führerschaft, der Rassenideologie und die Deutschen Geschichte in der Naziversion eingeimpft wurden. Alles wurde begleitet und untermauert von strengem körperlichen Training, das bis zur Erschöpfung ging und seinen Höhepunkt in ausgedehnten Nachtübungen hatte, in deren Mittelpunkt auch die Ausbildung an den unterschiedlichsten Schusswaffen stand.

Immer mehr Jugendliche waren aus anderen Jugendorganisationen in das Jungvolk eingetreten; später war es sogar allgemeine Pflicht, der Hitler-Jugend anzugehören. So mangelte es in den ersten Jahren zwangsläufig an Führern, diese Jugendlichen zu schulen und ihnen das richtige Rüstzeug zu verpassen, um den Gesetzesauftrag zu erfüllen, der da lautete, ›die Jugend körperlich, geistig und sittlich im Geiste des Nationalsozialismus zum Dienst am Volk und der Volksgemeinschaft zu erziehen.‹

Schüler vom Gymnasium waren in der Regel für Führungsaufgaben erste Wahl, vorausgesetzt, sie verfügten über einen gewissen Grad körperlicher Fitneß und Gesundheit und konnten, jedenfalls von ihrer Einstellung her, der arischen Rasse zugeordnet werden. Kaum war ich vom Lehrgang zurückgekehrt, übertrug man mir als Fähnleinführer die Leitung und Ausbildung einer Gruppe von Jugendlichen, die meine ganze Zeit in Anspruch nahm. Die Schule wurde nun eher nebenbei erledigt und hatte hinter den neuen Aufgaben zurückzustehen, was die Lehrer – erstaunlicher Weise – nahezu widerspruchslos hinnahmen.

Die neu erkannten und gepredigten Ideale von ›Blut und Boden‹ hieß es in die Tat umzusetzen: Über weite Teile des Sommers und regelmäßig an den Wochenenden ging es auf die Felder hinaus, um den Bauern bei der Ernte zu helfen. Es galt die Nähe zur Natur, zur Scholle zu spüren und im Gegensatz zum dekadenten Leben in der Stadt das einfache, das wahre Leben zu finden, das uns in neuen, noch zu erobernden ›Siedlungsräumen‹, was wir damals nicht wussten, erwarten werde.

Nachtlager waren Scheunen, Zelte; am Lagerfeuer wurde abends abgekocht, während im Schein der lodernden Flammen die neuen kämpferischen Lieder erklangen.

Mit Raffinement Stimmungen zu erzeugen und in Szene zu

setzen, ja, das verstanden die neuen Machthaber meisterhaft. Der Einfluss des Elternhauses wurde so mehr und mehr zurückgedrängt, sodass bisweilen zu den eigenen Kindern eine Entfremdung eintrat, die von der Führung durchaus beabsichtigt war, aber nicht selten zu Belastungen und Unfrieden innerhalb der Familien führte.

Meine Arbeit muss wohl mit Wohlwollen bemerkt worden sein, denn wie von einem Katapult geschleudert stieg ich auf in der Hierarchie. Schon im Herbst des folgenden Jahres kletterte ich auf der Beförderungsleiter ein Stück höher und wurde zum Jungstammführer ernannt; gleich danach reiste ich wieder zu einem Lehrgang in die Nähe von Potsdam, um als Parteiredner ausgebildet zu werden. In dieser Zeit kam ich kaum zur Besinnung, zuviel Neues strömte auf mich ein. Alles wurde dem Motto untergeordnet, dass ›wir die Propheten einer neuen Religion‹ seien; zu diesem Zweck galt es, Unmengen von einschlägiger Literatur zu lesen. Um die Botschaft überzeugend unter das Jungvolk zu bringen, war es wichtig, immer wieder den eigenen wirkungsvollen Auftritt vor Publikum zu überprüfen und zu schulen, wie Zuhörer in Spannung gehalten werden. Dazu wurden Posen und Gesten eingeübt, sie waren ebenso von Bedeutung wie ein tadelloses gepflegtes Aussehen, das vorbildlich und nachahmenswert sein musste.

Immer wieder sollte in den Reden hervorgehoben werden, damit es jedem der jungen Zuhörer in Fleisch und Blut überging, dass Adolf Hitler als Retter unseres Volkes aufgetreten und es unsere Pflicht sei, den bedingungslosen Kampf für ihn und unser Volk mit Härte und Entschlossenheit zu führen, auch wenn wir uns dabei ›blutige Nasen‹ holen.

Ich war nun gefragt, ich war wer, war anerkannt. Ich reiste kreuz und quer durch den Nordgau und sprach auf unzähligen Versammlungen vor Pimpfen und Hitlerjungen, manchmal vor Hunderten, die im Karree in ihren Fähnlein zum Standortappell angetreten waren.

Man nahm die Parolen ernst, man wurde ernst genommen. Denn viele von uns glaubten an die Ziele der neuen Bewegung, den Jüngeren gingen sie ohnehin in Fleisch und Blut über, sie hatten nie etwas anderes kennen gelernt. Sie zu manipulieren und einzuschwören, fiel am wenigsten schwer, waren sie doch schon in diesem neuen Geiste im NSV-Kindergarten und in der Volksschule aufgewachsen.

Es klang wie selbstverständlich, wenn Baldur von Schirach, der Reichsjugendführer, auf einem der Nürnberger Parteitage, an dem ich als einer der Vertreter des Nordgaus teilgenommen hatte, forderte: »Wer in der Hitlerjugend marschiert, ist nicht eine Nummer unter Millionen, sondern Soldat einer Idee ... Der beste Hitlerjunge ist derjenige, der sich völlig der Weltanschauung des Nationalsozialismus unterwirft.«

Apropos: Baldur von Schirach. Ich stand nur wenige Meter von ihm entfernt vor seiner Rednertribüne und war erstaunt, dass dieser Jugendführer weniger dem Ideal entsprach, das uns vorgespiegelt wurde; dem germanischen Lichtgott, dessen Namen er als Vornamen führte, glich er zu meiner Enttäuschung nicht annähernd: Er hatte etwas weichliche Gesichtszüge, neigte auch leicht zur Fülle, was eine geschickt geschnittene Uniform verbarg; von dem entschlossenen drahtigen Mann, den wir uns nach den ausgesuchten Fotos in den Zeitungen vorstellten, war er ein beträchtliches Stück entfernt. Seine Reden, die er mit Bildern aus der Geschichte und Literatur anreicherte, waren Elogen, Lobhudeleien auf ›unseren einzigen Führer‹.

Eine perfekte Propaganda und gelenkte Presse sorgten dafür, dass nur Bilder der Potentaten aus Regierung und Partei erschienen, die sie in vorteilhafter Pose zeigten; nur diese Bilder wurden zur Veröffentlichung freigegeben.

Hier sah ich sie hautnah, echt, aller heroischen Gesten entkleidet, wenn auch die Mehrzahl nur aus größerer Entfernung zwischen riesigen flatternden Bannern über unübersehbaren Menschenmassen, die abends unter den Lichtdomen von Hunderten von Scheinwerfern in ein mystisch anmutendes Halbdunkel getaucht waren.

Ich bitte um Entschuldigung, wenn ich Ihnen dies alles etwas breit geschildert habe; aber diese Ausführlichkeit gehört dazu, um verständlich zu machen, weshalb mein Privatleben und damit auch Begegnungen mit Paulinchen in dieser Zeit zurückstehen mussten.

Wenn ich bei meinen seltener gewordenen Besuchen in Moorvörden durch die Stadt ging, hatte ich den Eindruck, dass alte Freunde und Bekannte die Strassenseite wechselten, mich distanziert und argwöhnisch beäugten, obwohl sie selbst auch der Hitlerjugend oder der Partei angehörten. Vielleicht war ihnen mein rascher Aufstieg verdächtig. Immerhin merkte ich noch, dass etwas in und mit mir vorgegangen war, das mich, meine Persönlichkeit zu verändern begann und in mir kurzzeitig auch ein unbehagliches Gefühl hinterließ, ohne dass ich den Grund zu erkennen vermochte oder mich mit ihm auseinandersetzte, vielleicht weil ich es auch gar nicht wollte, getragen von einem geradezu euphorischen Hochgefühl, das zu beschreiben mir heute noch mehr als früher die Worte fehlen.

Dabei hätte mich doch einiges stutzig machen müssen, wenn ich es denn gewollt hätte: Bei einem meiner Besuche zu Hause – es müsste kurz vor dem zweiten Weltkrieg gewesen sein -, fand ich meinen Vater in äußerst bedrückter Stimmung vor; meine Mutter war abgereist, nach Schweden. Auf meine Frage nach dem Grund gab mein Vater eine ausweichende Antwort: Sie müsse unbedingt nach ihrer Mutter sehen, die schwer erkrankt sei. Auf meine weitere Frage, wann er sie zurückerwarte, konnte er nur mit den Achseln zucken, ratlos. Nie habe ich meinen Vater so verzweifelt, aber auch so hilflos gesehen, ihn, der immer einen Ausweg gewusst hatte und dessen Stärke seine Gelassenheit war. Ich spürte, dass der Grund für ihre plötzliche Abreise ein anderer gewesen sein musste als die Erkrankung der Großmutter, aber ich beharrte nicht auf einer genaueren Auskunft.

Jahre später, als ich selbst mit diesem Staat schon weitgehend gebrochen hatte und als Soldat zur Ostfront abkommandiert worden war, nahm er mich an unserem letzten gemeinsamen Abend beiseite, zog mich in die Sitzecke, die Zeuge vieler Schlachten am Schachbrett geworden war, und kredenzte mir seinen edelsten Wein aus den Restbeständen von Wilhelm Goldschmidts Weinkeller. Während er wie früher in feierlicher Umständlichkeit die Flasche öffnete, begann er langsam zu sprechen: Erst jetzt könne er mit mir über Mutter reden, damals, als alles geschah, sei es zu früh gewesen, weil ich in dieses System zu stark eingebunden gewesen sei und von mir wohl kaum genügend Verständnis aufgebracht worden wäre; niemand hätte schließlich auch abschätzen können, ob dieses Wissen nicht meine Karriere oder gar mich selbst, in welcher Form auch immer, gefährdet hätte. Das habe er mir ersparen wollen. Aber nun, da es vielleicht ein Abschied für immer sei, dürfe er mir gegenüber nicht länger schweigen, da ich ein Recht hätte, alles zu erfahren ...

Er berichtete mir, während er sich immer wieder verstohlen eine Träne aus den Augen wischte, dass meine Mutter damals abgereist sei, weil sie es in diesem ›Regime‹ – wie sie das Dritte Reich nannte – nicht mehr ausgehalten habe. Hier könne sie nicht mehr leben, habe sie immer wieder gesagt, in einem Land, das von kulturlosen Banausen und Verbrechern regiert werde, die sich nicht scheuen würden, sich an wohlanständigen Bürgern zu vergreifen; nicht einmal vor Ausländern, ihren Gästen, mache man halt.

Mein Vater, der seinen Bericht immer wieder unterbrechen musste, konnte es – wie er sagte – nicht über sich bringen, ihr nach Schweden zu folgen, obwohl es lange Zeit möglich gewesen wäre.

»Weißt Du, mein Junge, ich hänge an Deiner Mutter. Aber wer bin ich in Schweden? Ein Ausländer, ein Flüchtling, ein unwillkommener Gast, der nicht einmal die Landessprache halbwegs beherrscht, um sich verständigen zu können. Ich wäre vollständig isoliert und abhängig gewesen von Deiner Mutter, was ich nie wollte. Na ja, und dann kam ja auch der Krieg. Was hätten die wohl mit mir in Schweden gemacht? Mich interniert natürlich, eingebuchtet, auf Deutsch gesagt, hätten sie mich, ist doch klar. Hier in Moorvörden ist meine Heimat, unser Betrieb, unser Herkommen, hier sind unsere Wurzeln seit Jahrhunderten. Sollte ich das alles aufgeben, ohne gegenüber unseren Vorfahren mit schlechtem Gewissen dazustehen? Alles im Stich lassen, was sie oft mühsam unter Entbehrungen aufgebaut haben? Ich wäre mir schäbig vorgekommen und hätte mir ständig Vorwürfe machen müssen. Hinzu kommt, dass ich den Standpunkt Deiner Mutter zwar respektierte, aber nicht teilte. Nein, soviel mir Deine Mutter bedeutet hat: Dahin konnte ich ihr nicht folgen.

Ich gebe zu, dass mich dieser Bericht meines Vaters tief getroffen hat und einen Augenblick verfluchte ich diesen Staat, der meine Mutter vertrieben und unsere Familie zerstört hatte.

Wie sehr muss mein Vater aber meine Mutter geliebt haben, dass bei all unseren Gesprächen nie ein Wort eines Vorwurfs zu hören war, obwohl sie es ja schließlich gewesen war, die ihn und mich, ihre Familie, im Stich gelassen hatte. Aber was muss auch in meiner Mutter vorgegangen sein, welche Verzweiflung, dass sie es fertigbrachte, sich von uns dauerhaft zu trennen und alle familiären Bande zu zerschneiden?!

Während des Krieges und auch später haben wir nichts mehr von ihr gehört, nicht einmal unsere Briefe wurden beantwortet. Wir gehörten wohl zu dem Volk, waren untrennbar mit diesem verbunden, das sie verabscheute, dessen Teil wir waren und das wir – ich in besonderem Maße – zu unterstützen uns bereit erklärt hatten. Dass mein Vater, ohne selbst dem Nationalsozialismus in besonderer Weise verbunden gewesen zu sein, letztlich den Anstoß für mich gegeben hatte, mich den neuen Machthabern zur Verfügung zu stellen, das konnte sie wohl nicht verzeihen. Sie hatte sich von uns losgesagt.

Über ihren frühen, selbst gewählten Tod unterrichtete mich nach dem Krieg das Nachlassgericht in Schweden und lud mich zur Übernahme ihres erstaunlich spärlichen Nachlasses vor, aus dem ich noch einiges über ihre Familie und ihre Motive erfahren konnte.

Ich erinnere mich noch an ein weiteres Gespräch mit meinem Vater, das aber sehr viel früher stattgefunden hatte und dessen Inhalt mich heute mehr erschreckt als damals und beweist, wie sehr jener Staat und seine Ideologie sich der Jugend bemächtigt und diese fest an sich gebunden hatte.

Mein Vater berichtete mir mit leiser tonloser Stimme, in der so etwas wie Trauer, aber auch ernste Besorgnis mitschwangen, mir sei doch noch mein ehemaliger Mitschüler Ewald Rotter bekannt. Ich erinnerte mich, dass Rotter als einer der ersten Jungen in der Stadt der Hitler-Jugend beigetreten und schon recht früh zum Führer eines Jungzuges aufgestiegen war. Ich kannte den grossen, kräftigen Jungen nur oberflächlich, er ging schon bald zur ›Napola‹ auf die Parteischmiede nach Sonthofen. Ich hatte ihn deshalb aus den Augen verloren.

»Was ist Besonderes an ihm?«

»Ja«, mein Vater atmete tief durch, »Du kennst auch seine Eltern, rechtschaffene Leute, die sich mit ihrem Gemüsehandel am Wilhelmsplatz recht und schlecht durchschlugen; ihrer Kirche waren sie gläubig verbunden und taten keiner Menschenseele etwas zuleide.«

Er machte eine Pause, um tief Luft zu holen.

»Man hat sie abgeholt und eingelocht. Deinem Gesicht sehe ich an, dass Du fragen willst, wie das möglich gewesen ist. Nun, ihr eigener Sohn, der Ewald, hat sie denunziert, er hat der Parteiführung hier im Ort gemeldet, dass sich seine Eltern abfällig über den Führer geäußert und während einer heftigen verbalen Auseinandersetzung ihrem Sohn dringend empfohlen haben, sich aus der HJ zurückzuziehen, weil darin, wie sie sich in ihrer christlichen Gesinnung ausdrückten, kein Segen liegen könne und alles ein böses Ende nehmen werde.- Näheres weiß ich auch nicht, es wird ja vieles hinter vorgehaltener Hand getuschelt. Auch mein – ehemaliger – Schachfreund Krummbiegel soll, was ich ihm eigentlich nicht zugetraut habe, bei dem Abtransport der alten Leute seine Finger im Spiel gehabt haben. – Aber kenne einer schon die Menschen.«

Ich weiß nicht mehr, was ich meinem Vater geantwortet habe, aber ich weiß noch, dass ich aus meiner damaligen Einstellung heraus das Verhalten des Sohnes zwar einerseits für verwerflich hielt, andererseits aber der Meinung war, dass die hohen Zielsetzungen, denen wir uns verschrieben hatten, nicht an kleinlichen familiären Rücksichten scheitern durften. Ja, so dachten viele von uns Jüngeren. Im Grunde war ich froh, für mich selbst diese Frage, diesen Konflikt zwischen familiärer Solidarität und staatsbürgerlicher Verantwortung, wie sie uns eingeimpft wurde, nicht entscheiden zu müssen. Denn meine Mutter lebte fern in Schweden und mein Vater hatte es sich längst abgewöhnt, mit mir über die politische Lage zu reden, aus welchen Gründen auch immer. Interessierte ihn alles nicht mehr oder traute er auch mir, seinem eigenen Sohn, nicht mehr??

Mein Vater fragte mich beim Abschied noch, ob ich mit meinem Leben zufrieden sei. Als ich ihm eine Tirade aus meinen vorgestanzten Reden halten wollte, winkte er ab und meinte nur: »Mein Junge, verrenn‘ Dich nicht, pass gut auf Dich auf, wir haben nur noch uns beide.«

Heute, nach so vielen Jahrzehnten, blicke ich als alter Mann nicht mit der gewöhnlich ironischen Nachsicht auf die Begeisterung der Jugend zurück, sondern eher mit einem gewissen Schauder, was

Menschen sich einfallen lassen, um die Jugend mit Gaukeleien von einer besseren Welt einzufangen, sie nach ihren verquasten Ideen zu formen und für ihre Zwecke einzuspannen und zu missbrauchen. Aber wir Jungen, jedenfalls eine große Mehrheit, durchlebten jene Jahre voller Ernst, überzeugt, Richtiges zu tun, aber auch voller Anmaßung und bereit, zur Hybris beizutragen, die den Untergang einläutete. Was an Unrecht geschieht, musste hingenommen werden, wenn das höherwertige Ziel nicht aus den Augen verloren werden sollte. So ging es uns in Fleisch und Blut über, wurde fast zur zweiten Natur, wir fanden nichts dabei, zumal der fatalen Logik der Nazi-Ideologie aus damaliger Sicht kaum etwas entgegen zu setzen war. – Das gab es übrigens zu allen Zeiten, nur hat man heute dafür einen vernebelnden Begriff gefunden: Kollateralschaden, wenn man Menschenopfer meint.

Es muss im Jahr zwischen der Reichspogromnacht und dem Kriegsausbruch gewesen sein oder auch noch später – man möge mir nachsehen, dass sich rückschauend in meiner Erinnerung mehrere Zeitebenen in einander verschieben, mit einander verschmelzen, sodass nur der inhaltliche Kern übrigbleibt -; jedenfalls war ich wieder einmal zu einem kurzen Wochenendurlaub nach Moorvörden gefahren. Ich hatte von meinem Vater unregelmäßig Post bekommen und konnte den spärlichen Zeilen entnehmen, dass es zu dieser Zeit gesundheitlich nicht gut um ihn stand. Ich fand den Siebzigjährigen krank und elend vor, sein Betrieb lag darnieder. Es war schwierig, sich ihm verständlich zu machen. Im Verlauf unserer mühsam dahin tropfenden Unterhaltung wollte ich wissen, ob er etwas von seinem Freund Goldschmidt und von Paulinchen gehört habe. Ich hätte ihr so oft geschrieben, aber nie Antwort bekommen. Mein Vater sah durch mich hindurch, verständnislos, er hatte zu dieser Zeit zu sehr mit sich selbst zu tun; ich hatte sogar den Eindruck, dass er nicht einmal mehr wusste, wer Paulinchen war. Sollte ich ihm unterstellen, dass er es vielleicht auch gar nicht wissen wollte?

»Goldschmidt, Vater, Dein Freund Wilhelm Goldschmidt, der Schachspieler und Weinkenner – was ist mit ihm?? An ihn musst Du Dich doch erinnern!«
Er schien meine Frage nicht einmal zu verstehen.

Also machte ich mich auf den Weg, eine Spur der Goldschmidts, vor allem von Paulinchen zu finden oder zumindest etwas über sie in Erfahrung zu bringen. Es war nicht weit bis zu ihrem Haus, gegenüber auf der anderen Strassenseite. Das Landhaus lag wie immer still hinter hohen Hainbuchenhecken, aber Türen und Fenster waren verrammelt, es wirkte unbewohnt. Die hohen Bäume, die mit ihren tief hängenden Zweigen den Fußweg an der vorüber führenden Strasse zum Ärger der Stadtverwaltung über Jahrzehnte extrem verengt hatten, waren der Axt zum Opfer gefallen. In dem früher so gepflegten Park hatte sich schon lange keine ordnende Hand mehr betätigt: Die Beete waren verkrautet, die früher so exakt geschnittenen Rabatten überwuchert. Alles machte einen trostlosen Eindruck.

Hier war also bestimmt nichts zu erfahren, aber der Zustand des Anwesens gab zur Sorge Anlass und böse Ahnungen beschlichen mich.

Vielleicht könnte ich etwas im Geschäft, der Weinhandlung erfahren? Im Sturmschritt, fast lief ich die Burgstrasse hinunter zum Markt. Aber die Weinhandlung stand da, äußerlich unverändert, nur den beiden steinernen Nymphen hatte man, um ihre Blöße zu bedecken, seltsame schwarz-weiss-rote Schals übergehängt, die lässig im leichten Wind flatterten. Die Nacktheit der üppigen Schönen vertrug sich wohl nicht mehr mit dem neuen Kunstverständnis. Gewiss, von Arno Breker oder Thorack, den gefeierten Bildhauern des Dritten Reiches, waren sie nicht ...

Im Geschäft fiel mir sogleich auf, dass nur wenige Flaschen Wein das Sortiment ausmachten, während es uns früher aus übervollen Regalen geradezu anlächelte und den kundigen Weinliebhaber verzauberte. Während ich noch in die Entzifferung der meist nichtssagenden Flaschenetikette vertieft war, hörte ich von hinten aus der Tür, die zum Kontor führte, eine weibliche Stimme: »Ach, sieh mal an, der junge Herr Kreutzer.«

Ich konnte die Stimme nicht sogleich zuordnen, zumal hohe Buchenholzregale den Blick zur Tür verstellten. Aber dann kam sie dahinter hervor: Frau Krummbiegel. Ich kannte sie nur von gelegentlichen zufälligen Begegnungen auf der Strasse, wie man sich so kennt, wenn man in der Nachbarschaft wohnt. Gesprochen hatte ich mit ihr noch nie ein Wort.

Als sie mein etwas ratloses Gesicht sah, lächelte sie: »Sie haben mich hier wohl nicht vermutet, das sehe ich Ihnen an. Nun, wie Sie sehen, haben sich die Zeiten geändert.- Kann ich etwas für Sie tun?«

»Ich, ich, suche eigentlich ...«, stotterte ich überrascht und verlegen. Ich wusste nicht, ob ich ihr sagen sollte, wen ich wirklich suchte, aber sie schien es zu erraten.

»Sie suchen sicher Herrn Goldschmidt oder ...« und dann sah sie mich lauernd von der Seite an, »... vielleicht auch Fräulein Paula?«

Mir war heiß geworden, mein Hals war wie ausgetrocknet, zugeschnürt, so konnte ich nur nicken.

»Wo Herr Goldschmidt zur Zeit ist, kann ich Ihnen auch nicht sagen, aber Paula wohnt im Gärtnerhaus hinter der Villa, da müsste sie zu finden sein.«

Ich hatte allmählich meine Sprache wieder gefunden.

»Und wer wohnt jetzt in der Villa?«, fiel mir ein.

»Nun, vorne in den üppigen Salons niemand zur Zeit, die werden für irgendetwas freigehalten; im hinteren Teil, am Garten, wohnt meine Wenigkeit mit den Kindern. Unsere alte Baracke, die kennen Sie ja auch noch, war ja schon sehr baufällig, da mussten wir raus. Hier haben wir wenigstens fließend Wasser, nicht nur aus der Pumpe. Und in der Villa ist ja genügend Platz für alle.«

Frau Krummbiegel schien angesichts des kundenleeren Geschäfts auskunftsbereit zu sein, deshalb wurde ich mutiger: »Aber sagen Sie mir noch: Wie kommen Sie in dieses Geschäft? Haben Sie jetzt die Weinhandlung übernommen, verstehen Sie denn etwas von Wein?«

Sie nickte und lächelte: »Ach, wissen Sie, so schwer ist das gar nicht und da es nur noch wenige Sorten gibt, brauchte ich auch nicht viel zu lernen.«

Und dann lachte sie eine Spur zu laut. Ich wollte fort, aber eines wollte ich noch wissen: »Warum hat denn Herr Goldschmidt nicht mehr dieses Geschäft, das doch schon seit Generationen den Goldschmidts gehört, soweit ich weiß?«

Sie wartete mit der Antwort, als wollte sie jedes einzelne Wort auf die Goldwaage legen:

»Ja, inzwischen sind eben andere Zeiten. Sie wissen, dass wir uns von allen trennen wollen, die nicht mehr in unsere Volksgemeinschaft passen, sie sollen – wie mein Mann immer sagt – aus dem Geschäftsleben verdrängt und dadurch gezwungen werden, aus Deutschland zu verschwinden.«

»Aber das ist doch kein Grund ...«

»Ihm das Geschäft wegzunehmen ..., wollen Sie sagen? Nein, das hat auch niemand getan. Herr Goldschmidt ist ein kluger Mann und hat uns das Geschäft zu einem angemessenen Preis überlassen.«

Das sagte sie ohne eine Spur von Schamröte im Gesicht. Niemals hätte Goldschmidt seinen Weinhandel, der sein Lebensinhalt war, freiwillig verkauft, das wusste ich genau.

Ich wandte mich zum Gehen und hatte schon die Türklinke in der Hand, als ich noch eine Frage nachschob: »Wo ist denn Ihr Mann, der Oberscharführer?«

Sie verzog das Gesicht zu einer grämlichen Grimasse: »Oh, das ist er schon lange nicht mehr. Er ist inzwischen zum Kreisleiter aufgestiegen, aber deshalb habe ich ihn schon lange nicht mehr gesehen, er hat jetzt wohl Wichtigeres zu tun ... Grüßen Sie Ihren Vater, wie geht es ihm eigentlich?«

Ich brauchte frische Luft, mir war zum Kotzen übel. Waren

64

denn das die neuen Errungenschaften, für die wir Jungen kämpften und uns einsetzten? Gewiss, jeder sollte eine Chance bekommen in diesem Reich, dafür waren wir auch angetreten. Aber für Parvenüs dieser Art? Und war es angängig, Menschen einfach auszubooten, aus der Volksgemeinschaft auszuschließen, die mehr für diesen Staat getan hatten als viele unserer braunen Emporkömmlinge zusammen? Nichts anderes hatte man mit Goldschmidt gemacht. Musste bei allen notwendigen Veränderungen denn nun gleich das Unterste zuoberst gekehrt, das Kind mit dem Bade ausgeschüttet werden?

Leise, aber umso eindringlicher flüsterte mir eine innere Stimme zu: ›Stell Dich nicht so an, Hitlerjunge Kreutzer: Wo gehobelt wird, fallen Späne. Das Alte, das Morsche und Artfremde muss fallen, damit Neues entstehen kann. Das ist in der Natur nicht anders. Sei deshalb ehrlich mit Dir und gib es zu: Du bist doch nur so empört, weil mit dem Vater von Deinem Paulinchen so umgesprungen worden ist und sie nicht mehr in ihrer Luxusvilla residieren kann. Wenn anderen, die nicht mehr zu uns passen, Ähnliches widerfährt, bist Du doch überhaupt nicht so zimperlich. Also reiß Dich gefälligst zusammen. Was sein muss, muss sein, wenn Neues, Gesundes entstehen soll.‹

Ich ging die Strasse zurück, meine Schritte lenkten mich wie von selbst, bis ich unschlüssig vor Goldschmidts Landhaus stehen blieb. Wäre es sinnvoll, jetzt zu versuchen, Paulinchen zu erreichen, oder würde ich sie damit in Gefahr bringen? Irgendetwas ließ mich zögern. Aber mein Verlangen, sie zu sehen, zu sprechen und vor allem zu hören, wie es ihr und ihrem Vater in der Zwischenzeit ergangen war, überwog schließlich und ließ mich alle Bedenken über Bord werfen, zumal alle Umstände dafür sprachen, dass sie Hilfe brauchten.

›Hilfe? Von Dir? Wie denn? Überschätz Dich bloß nicht, Jung-stammführer, wer bist Du denn schon ...,‹ nagte die innere Stimme, › Du kannst Dir doch dabei nur selbst schaden und in den eigenen Allerwertesten treten.‹ Sie begann mir lästig zu werden, ich schaltete sie ab.

Vorsichtig näherte ich mich vom Nachbargrundstück aus durch ein Loch im Zaun dem Gärtnerhaus, mit Bedacht die Nähe der weit einsehbaren breiten Auffahrt zur Villa meidend. Das kleine alte Fachwerkhaus, das nach meiner Kenntnis wegen seiner Baufälligkeit schon lange nicht mehr dem Gärtner als Wohnhaus gedient hatte, sondern zum Abstellen von Gerätschaften aller Art genutzt worden war, lag etwas versteckt im hinteren Teil des Gartens. Deshalb konnte ich mich ihm, wie ich jedenfalls glaubte, hinter hohen Staudenbeeten und verwilderten Himbeerhecken unbemerkt, auch von den Kindern, die hinter der Villa spielten und vermutlich kleine Krummbiegels waren, nähern.

Anstelle einer Klingel verfügte die niedrige Tür nur über einen in der Mitte angebrachten Klopfer, einen messingfarbenen Drachen mit weit aufgerissenem Rachen, soweit ich mich erinnere. Der würde zu viel Lärm machen. Also schlich ich um das Haus herum, um ein Fenster zu finden, hinter dem ich jemanden vermuten konnte, um dort zu klopfen. Zwei Fenster an der Rückseite waren durch grüne Läden verschlossen; auffällig, an einem warmen hellen Tag. Aber dann fand ich ein Fenster, dessen nur halb geschlossene Gardinen einen Einblick in das Zimmer gestatteten. Es war leer. Trotzdem klopfte ich, leise. Nichts rührte sich. Ich klopfte etwas lauter. Keine Reaktion. Ich wollte mich schon zum Gehen wenden und eine kurze schriftliche Notiz hinterlassen, als seitlich ein Fensterladen vorsichtig aufgeschoben wurde und in seinem Halbschatten ein Gesicht zum Vorschein kam, das ich nicht sogleich erkennen konnte. Aber es war Paulinchen. Vorsichtig sah sie nach beiden Seiten und winkte mich wortlos zu sich heran, mit einem Finger vor dem Mund gebot sie mir zu schweigen. Dann gab sie mir ein Zeichen, an die Schmalseite des Hauses zu kommen, wo sich eine kleine Tür befand, die zum Keller führte und bislang meiner Aufmerksamkeit entgangen war. Die Tür öffnete sich einen Spalt, ich wurde hineingezogen in einen dunklen Gang, in dem mich, ehe sich meine Augen an das Halbdunkel gewöhnt hatten, zwei Arme umschlangen und sich ein feuchtes Gesicht an meines drückte. Paulinchen zog mich durch den dunklen Kellergang nach oben in ein kleines, spärlich möbliertes, weitgehend verdunkeltes Zimmer. Sie zog die Gardinen nur so weit auf, dass ein schmaler Streifen Licht ins Zimmer fiel, und sah aufmerksam nach draußen. Dann setzte sie sich beruhigt neben mich auf das Sofa, das einzige Möbel im Raum. Wir legten die Köpfe an einander und fanden lange keine Worte, ermattet; aber vielleicht war es auch nur das Bedürfnis, die Nähe des anderen intensiver zu spüren, ohne durch Worte abgelenkt zu werden.

Ich hatte sie längere Zeit nicht gesehen. Sie war schmal geworden, sah blass und müde aus. Ein deutlicher Zug von Bedrückung beherrschte ihre früher immer so fröhlichen, ausgeglichenen Züge; an den Mundwinkeln hatten sich tiefe Einkerbungen gebildet. Wir sahen uns lange schweigend an und jeder schien zu überlegen, was er zuerst fragen und sagen wollte; aber wo war der Anfang des Fadens unserer beider Geschichten zu finden, der endlos lang erschien?

Nach und nach, erst langsam und zögernd, löste sich ihre Zunge, sie räusperte sich, hüstelte, hatte wohl lange ihre Stimme nicht geübt.

»Du hättest nicht kommen sollen, ich werde hier beobachtet. Dass ich mich trotzdem freue, jetzt, wo Du einmal da bist, brauche ich Dir nicht zu sagen.«

Sie zog mich an sich und küsste mich. »Wie Du siehst, geht es mir ziemlich gut«, versuchte sie zu lächeln, was ihr aber nicht gelang. Endlich hatte auch ich meine Sprache gefunden: »Sag mal, was ist denn eigentlich geschehen, warum wohnst Du hier, wo ist Dein Vater?«

»Das weißt Du nicht?« Sie sah mich ungläubig an. »Ihr Braunen wisst doch immer alles.«

»Wie sollte ich denn, wo Du keinen meiner Briefe – und es waren viele – beantwortest hast ...«

»Du hast mir geschrieben? Ich habe keinen Brief erhalten ...« Einen Augenblick lang kam mir der Gedanke, dass meine Briefe, die nicht zurückgekommen waren, abgefangen und in falsche Hände geraten sein könnten, aber ich verwarf den Gedanken, zumal Paulinchen fortfuhr: »Nun gut, dann fangen wir vorne an: Vater haben Sie schon im Jahr nach der Machtübernahme abgeholt, einfach so. Aus dem Laden. Agnes hat es mir erzählt, die dabei war ...«

»Ach ja, wo ist sie übrigens, die gute Seele?«

»Sie lebt nicht mehr, sie war ja auch schon älter und kränklich und hat wohl das, was mit uns geschehen ist, nicht verkraften können. Sie war ja keine Jüdin, aber sie wollte nicht von uns fort, obwohl man es ihr immer wieder angeboten hatte. Hier in diesem Haus ist sie gestorben. Sie hatte das andere Zimmer drüben jenseits des Ganges. Jetzt wohnt dort ein älteres jüdisches Ehepaar; dies hier ist nämlich ein Judenhaus, verstehst Du?«

Ihr Blick ging einen kurzen Augenblick lang nachdenklich in eine unbestimmte Ferne, ehe sie weiter berichtete: »Agnes hat mir noch erzählt, vielleicht um mich zu trösten, Vater sei bei seiner Festnahme ganz heiter gewesen und habe noch mit den Schwarzuniformierten gescherzt: In Schutzhaft nehmen Sie mich? Muss nun das Volk vor mir oder ich vor dem Volk geschützt werden? «

Sie sah sich in dem bescheidenen Zimmer um und machte eine ausgreifende unbestimmte Handbewegung:

»Ich darf hier wohnen, man war sehr großzügig, das habe ich wohl Krummbiegel zu verdanken, weil er Vati kannte.«

Ich war skeptisch: »Vielleicht wollte man Dich auch nur besser unter Kontrolle haben.«

»Mag wohl sein, aber warum? Verlassen darf ich das Haus nur zu bestimmten Zeiten, und nur, um die nötigsten Einkäufe zu machen. Ansonsten lebe ich von der Aussenwelt ziemlich abgeschlossen, sogar das Telefon wurde eingezogen. Aber jetzt bist Du da ...« Sie lächelte und streichelte meine Hand.

»Warum, was wirft man Dir eigentlich vor? Du bist doch keine Verbrecherin, hast Dir nichts zuschulden kommen lassen, so kann man doch mit Dir nicht umgehen.« Ich war trotz meines Ranges in der Hitler-Jugend noch recht unbedarft und in meiner jugendlichen Naivität ehrlich empört.

»Doch, man kann, das siehst Du ja«, belehrte mich Paulinchen, »sie haben die Macht, da kommt es auf das Recht nicht an. Ich bin eben Jüdin, seit dem ›Reichsbürgergesetz‹ ein Mensch 2. Klasse, dabei kann ich nicht einmal die Thora vom Talmud unterscheiden. Aber sieh' mich an: Sieht so eine Jüdin aus? Falls es so eine Rasse überhaupt gibt ... Damit man mich trotzdem auch erkennt, muss ich jetzt den Vornamen ›Sarah‹ führen ... Paula Sarah, irgendwie holperig, findest Du nicht?«

Ich schüttelte verständnislos den Kopf: »Hier scheint die örtliche Parteiführung wohl etwas durcheinander zu bringen: Wenn der Führer meint, wir sollten uns von jüdischem und artfremden Blut abgrenzen, eine Vermischung ausschließen, wie das Gesetz es befiehlt, dann muss das doch nicht bedeuten, diese anderen jüdischen Mitbürger zu isolieren, einzusperren und sie aus ihren Wohnungen zu vertreiben. Das kann nicht der Wille des Führers sein. Ich finde es jedenfalls empörend! Was predige ich denn von morgens bis abends unserer jungen Leuten bei der HJ? Da wird man ja unglaubwürdig ...«

»Reg' Dich nicht auf, Addi, mir ist doch nichts passiert, bislang; das Haus haben wir doch freiwillig geräumt und auch den Laden aus freien Stücken verkauft. So werden sie jedenfalls sagen und Du stehst belämmert da.«

»Nein, so geht das nicht«, beharrte ich eigensinnig, »ich werde mich sofort an meine vorgesetzte Dienststelle wenden. Da sitzen noch Leute, die für eine derartig miese Behandlung von unbescholtenen Landsleuten nichts übrig haben.«

Sie hob energisch abwehrend beide Hände: »Das wirst Du hübsch bleiben lassen, da bekommst Du nur Ärger, mir geht es doch nicht schlecht, wie Du siehst. Ich bin noch Zuhause und verhungern tue ich auch nicht. Schade nur, dass ich hier untätig herumsitzen muss und die Uni in Münster mich nicht mehr sehen will.«

Das klang nicht einmal bitter, obwohl es in ihrer Lage verständlich gewesen wäre. Ein feines Lächeln umspielte ihre schmalen Lippen. Paulinchen spürte es nicht oder es war ihr egal, was mit ihr geschah, ich aber sah deutlich über ihrem Haupt die blitzende scharfe Klinge, die jeder Zeit heruntersausen konnte: »Paulinchen, Du musst hier weg, Du bist in Gefahr, sie können Dich jederzeit abholen, und wer weiß wohin bringen.«

»Ach weißt Du, auch jetzt – wie so oft in letzter Zeit – fällt mir mein Vater ein, der mir sehr fehlt, er hatte immer für jede Lage nicht nur eine Lösung, sondern auch irgendeinen Dichterspruch parat; so hätte er jetzt vermutlich gesagt: ›Wo aber Gefahr ist, wächst das Rettende auch‹, ich glaube von Hölderlin.«

»Das ist gut und schön, aber sinnige Worte können Dir hier jetzt nicht helfen. Hier muss jetzt gehandelt werden, und zwar ohne Verzögerung. Aber sag' noch: Was ist eigentlich mit Deinem Vater genau geschehen, wo ist er?«

»Wie gesagt, man hat ihn abgeholt, in Schutzhaft genommen, zur Umerziehung, was das auch immer bedeuten mag bei einem über Sechzigjährigen. Er hat mir noch einmal kurz geschrieben, aus Dachau glaube ich, ja, Dachau bei München, dass es ihm gut gehe. Auf der Karte – ich habe sie noch – stand unter anderem ein seltsamer Satz, aber typisch für ihn: ›Seit der Igel den Hasen besiegte, hält er sich für einen Schnellläufer.‹ Die Zensur hatte den Satz nicht einmal gestrichen, vermutlich haben sie den Sinn nicht kapiert. Diese Postkarte war aber die einzige Nachricht.«

»Warum aber, was hat er getan? Er war doch kein Gegner unserer Bewegung.«

»War er nicht, jedenfalls nicht erkennbar, aber er hatte wohl zwei Nachteile: Einmal war er Jude, zum anderen war er mal Mandatsträger einer demokratischen Partei in der Weimarer Zeit, da hielt man ihn wohl für gefährlich.«

»Warum seid Ihr nicht rechtzeitig abgehauen?«

»Vater hat immer gesagt: ›Was soll uns hier passieren? Ich habe mir nichts vorzuwerfen, habe im ersten Weltkrieg für Deutschland gekämpft, war immer ein treuer Bürger meines Vaterlandes und habe sogar immer pünktlich meine Steuern gezahlt.‹ – Als aber immer mehr in unserer Umgebung verschwanden und auch wir mit dem Schlimmsten rechnen mussten, hatten wir den Zeitpunkt verpasst, um noch heil herauszukommen. An einem unserer letzten gemeinsamen Abende hatte mein Vater – Agnes war auch dabei – noch eine Flasche aufgemacht, eine seiner besten, und erklärte uns, er habe heute die Verfügung bekommen, dass er seine Weinhandlung bis zum nächsten Abend zu übergeben habe, sauber aufgeräumt, der Schlüssel sei in der Stadtverwaltung abzugeben. Ihm werde eine Entschädigung von 400 Mark für Geschäft und Warenbestand bewilligt. ›Ja, hat er gesagt, nun sitz‘ ich da, weil ich zu gutgläubig war. Ich muss gestehen, dass ich auch ein bisschen auf unseren Schachspieler vertraut habe. Aber er ist wohl auch nur ein kleines Rädchen, das sich, wenn es nicht überrollt werden soll, mit drehen muss, so ist das.‹ Und dann hatte er noch hinzugefügt: ›Es ist wohl mein Pech, mein zweiter Vorname, ich habe ihn nie gemocht: Absalom. Wie konnten mich meine Eltern nur so nennen: Der biblische Absalom war ein Rebell gegen seinen Vater David und wurde ermordet. Habt Ihr das gewusst?‹ – ›Aber aus meiner Weinhandlung müssen sie mich schon hinaustragen, freiwillig gehe ich nicht.‹ Ja, dann haben sie ihn eben geholt ...«

Paulinchen schluckte aufsteigende Tränen tapfer herunter, beruhigend legte ich ihr die Hand auf den Arm:
»Ich werde mal versuchen, etwas über ihn zu erfahren. Woher kam die Nachricht – aus Dachau sagst Du? Ja, da werden einige interniert, das weiß ich. Trotzdem, Paulinchen, Du musst hier fort, aber zuerst spreche ich mit meinem Gebietsleiter; der Sieghart Wolfing ist ein vernünftiger Mann und hat einen guten Draht zum Reichsführer. Wenn der ein gutes Wort einlegt, kannst Du Dich wieder freier bewegen und vielleicht wieder in die Villa ziehen. Vielleicht kommt Dein Vater auch frei.«
Ich verlor mich in nebulösen Spekulationen, meine Begeiste-

rung, irgendetwas tun zu können, riss mich fort und spiegelte mir Bilder von einer Zukunft für Paulinchen vor, die nur in meiner Phantasie Bestand haben konnte und mit der Wirklichkeit nichts mehr zu tun hatte. Aber es wurde mir in diesem Augenblick nicht bewusst.

Paulinchen sah mich ungläubig und voller Zweifel an: »Glaubst Du wirklich, dass Du das schaffst? Ich weiß nicht ...«

Hätte ich in diesem Augenblick nüchtern und sachlich die Situation beurteilt, hätten auch mir arge Bedenken kommen müssen, aber ich war wie benommen, geradezu in einer unwirklichen Hochstimmung, hier etwas für Paulinchen und ihren Vater tun zu müssen, denen, auch wenn sie keine vollwertigen Staatsbürger mehr waren, Unrecht geschehen war, wovon ich in diesem Augenblick fest überzeugt war. Alles konnte sich doch nur um eine Verkettung unglücklicher Umstände oder um Missverständnisse handeln, die es auszuräumen galt. Das redete ich mir ein.

»Schon Morgen werde ich zum Gebietsleiter der HJ nach Oberneustadt fahren. Der Wolfing ist ein ordentlicher Mann, ich schätze ihn und er mich. Ich bin guten Mutes, dass er seine Beziehungen spielen lassen wird, nach ganz oben ... «, beharrte ich, »Übermorgen bin ich wieder hier und wir werden weiter beraten. Wenn Wolfing wider Erwarten nicht helfen kann, musst Du unbedingt hier fort, ich werde etwas für Dich finden, einen Lastwagen von der HJ kann ich auftreiben, damit könnten wir unbehelligt nach Holland kommen; Holland ist nicht weit. Vertrau' mir und rühr' Dich so lange nicht vom Fleck. Versprochen?«

»Ich sehe alles etwas skeptisch, Addi, bei all Deinem ehrlichen Willen, wofür ich Dir wirklich dankbar bin wie auch für Dein Bemühen, mir helfen zu wollen, was ich auch als Zeichen Deiner Zuneigung zu schätzen weiß. Aber mein Vater hatte für diese Situation auch einen treffenden Spruch: ›Am Regenbogen muss man nicht Wäsche aufhängen wollen‹, was sagen will: Die Wirklichkeit ist der Gegensatz von unseren Träumen, Wünschen und Vorstellungen, die uns in den schönsten verlockendsten Farben vorgegaukelt werden, uns einschläfern und zu Leichtsinn und Fehlern verführen. Hat nicht Hitler klar gesagt, dass er uns loswerden, ja, vernichten will?«

»Wir werden sehen«, umarmte ich sie, »wie gesagt, übermorgen bin ich zurück.«

»Aber heute, heute Nacht bleibst Du bei mir, nur diese eine Nacht, die uns vielleicht noch bleibt.«

Der Zug nach Oberneustadt hatte eine Stunde Verspätung, sodass ich erst gegen Mittag eintraf. Im Vorzimmer des Gebietsführers machte eine BDM-Maid, nachdem sie ein schier endloses Telefongespräch beendet hatte, auf mein Ansinnen ein bedenkliches Gesicht: »Der Herr Gebietsführer ist zum Essen verabredet, ich glaube nicht, dass er jetzt noch Zeit hat. Schließlich sind Sie nicht angemeldet.«

»Es ist sehr dringend, glauben Sie mir, aber ich kann Ihnen nicht sagen, um was es geht, das muss ich ihm schon selbst vortragen. «

In diesem Augenblick trat Wolfing mit Mantel und Mütze aus seinem Dienstzimmer, sah mich und kam sofort auf mich zu: »Mensch, Kreutzer, was treibt Dich denn hierher? Schön, Dich zu sehen. Leider muss ich weg, eine Verabredung mit dem Reichsführer, aber vielleicht können wir uns morgen sehen. Wie lange bleibst Du?«

»Es tut mir leid, morgen bin ich schon wieder fort, aber es geht ganz schnell, ich brauche nur drei, na, vier Minuten.«

»Na, das klingt ja sehr wichtig, also dreieinhalb Minuten«, entschied er und schlug mir jovial und kameradschaftlich auf die Schulter. Und zur Telefonistin gewandt: »Sagen Sie dem Fahrer, die Abfahrt verzögert sich um einige Minuten.« Er klemmte sich in voller Montur hinter seinen ausladenden Schreibtisch, über dessen grünlich polierte Marmorplatte er liebevoll strich: »Ist das nicht ein edles Stück? So einer steht auch beim Führer in der Reichskanzlei – nur größer natürlich. – Also, Kreutzer, schieß los, wo drückt denn der Schuh?«

In aller Eile trug ich Wolfing mein Anliegen vor, immer ein Auge auf den mahnend schwingenden Pendel der mit goldenen NS-Symbolen verzierten Wanduhr gerichtet. Ich wies darauf hin, dass die Einhaltung und Durchsetzung unserer Gesetze, die Volksgemeinschaft von allen rassischen Einflüssen unerwünschter Aussenseiter rein zu halten, unsere äußerste Pflicht sei und nicht in Frage gestellt werden dürfe. Bei der Umsetzung gelte es aber doch Menschlichkeit und Verhältnismäßigkeit der Maßnahmen zu beachten. Volksgenossen, die bislang wertvolle, unbescholtene Mitglieder unseres Staates gewesen seien, dürfe man jetzt nicht wie ehrlose Verbrecher behandeln.

»Um mir das zu sagen, bist Du aber nicht hergekommen, Kreutzer. Worauf willst Du hinaus, komm zur Sache, die Zeit läuft.« Mit dem Knöchel seines Zeigefingers bearbeitete Wolfing unüberhörbar die Platte seines edlen Möbelstücks.

Er, Wolfing, – fuhr ich schon leicht verunsichert fort – sei doch kraft seiner Amtsautorität und seiner guten Verbindungen gewiss in der Lage, die Unbill für die Goldschmidts angesichts der Verdienste des Weinhändlers als Soldat im 1. Weltkrieg, als Politiker und Angehöriger einer alteingesessenen angesehenen Kaufmannsfamilie in Moorvörden ein wenig abzumildern.

Wolfings zunächst wohlwollend freundlicher Gesichtsausdruck begann sich während meines hastig vorgetragenen Anliegens allmählich zu verdüstern, dann zu versteinern. Aber er hörte sich alles schweigend an. Als er dann in immer kürzeren Abständen auf seine goldene Armbanduhr sah, wusste ich schlagartig, ich hatte verloren und es konnte für mich nur noch darum gehen, die Niederlage in erträglichen Grenzen zu halten. In diesem Augenblick hätte ich mir aus Ärger über mich selbst sonstwo hinbeissen können, aber das hätte auch nichts mehr genützt. Also harrte ich nun der Dinge, die da kommen würden: Es konnte nur ein Scherbengericht sein ...

Wolfing sah mich eine Weile ernst und zugleich mitleidig an, als wolle er sagen: Da haben wir uns mit Dir nun solche Mühe gegeben, um Dir die richtige Denkweise einzutrichten, aber Du hast anscheinend überhaupt nichts von alledem kapiert.

Er stand auf, kam langsam um seinen Schreibtisch herum, blieb vor mir stehen und legte seine Hand auf meine Stirn: »Nein, Fieber hat er nicht, unser Jungstammführer! ›Die Unbill für die Goldschmidts ein wenig abzumildern,‹ so hat er sich ausgedrückt, unser Samariter, – das klingt fast poetisch.«

Er hockte sich vor mir auf die Kante des Schreibtisches, drehte mich zu sich herum und sah mir fest in die Augen: »Trotzdem ist mir ein Rätsel, was in Dir vorgeht, Kreutzer. Ich habe das Gefühl, ich habe mich eben die ganze Zeit über verhört oder nicht richtig verstanden. Vor mir sitzt ein gestandener Jungstammführer, der sich bislang durch Härte und Entschlossenheit ausgezeichnet hat, also eine Führungskraft unserer Bewegung ist, dem eine weitere Karriere in der Hitlerjugend und später in der Partei weit offen steht, der sogar schon zum Unterbannführer vorgesehen ist, sozusagen den Marschallstab im Gepäck trägt – und der setzt sich hier – ich kann es immer noch nicht glauben – für Juden ein. Jawoll, für Juden!!«

Die letzten drei Worte schrie er geradezu heraus, was mich zusammenzucken ließ. Mit beiden Händen fuchtelte er mir vor dem Gesicht herum, als müsse er böse Geister aus meinem Gehirn verscheuchen: »Ich kann mir nicht vorstellen, was Dich dazu getrieben hat, Dich um alles zu bringen, was Du Dir bislang in den letzten Jahren aufgebaut hast. Leidest Du inzwischen an Hirn – und Knochenerweichung? Bist Du inzwischen ein unsicherer Kantonist geworden, der an unserer Sache zweifelt?«

Wolfing war außer sich, er regte sich richtig auf und sein Gesicht nahm eine tiefrote Färbung an. Er war nicht mehr der lässig joviale Kumpel zum Pferdestehlen von ehedem. Sein Gesicht hatte einen fanatischen, ja, brutalen Zug bekommen, wie ich ihn bislang an ihm nicht kannte. Zeigte er jetzt sein wahres Gesicht, hatte er sich bisher nur verstellt, worauf ich offenbar reingefallen war?

»Haben wir nicht alle«, begann er laut zu dozieren, »– Du auch – allenthalben gepredigt, welche Parasiten die Juden in unserer Gesellschaft sind, die aus unserer Volksgemeinschaft ausgeschlossen

werden müssen, damit sie uns endlich verlassen? Dem Weltjudentum haben wir die Niederlage von 1918 zu verdanken, Juden sind
eine akute Bedrohung des Weltfriedens, sie verderben unser arisches
Blut, unsere Rassenreinheit. Das ist doch alles nicht neu! – Und Du
kommst hierher und möchtest – ohne überzeugende Begründung
– eine Sonderbehandlung, eine Ausnahme sozusagen?!«

Die letzten Sätze hatte er in einer sich steigernden Tonlage
hervorgestossen, als sei er Redner auf einer Parteiversammlung,
aber jetzt machte er eine Pause und sah mich aufmerksam an, um
dann in gemäßigtem Ton fortzufahren: »Aber reine Menschen-
freundlichkeit ist ja gar nicht Dein wahres Motiv und das will ich
Dir zugute halten: Du hast ein Techtelmechtel, äh, ich meine ein
Gspusi mit der Tochter vom Weinhändler, das ist Deine wirkliche
Antriebsfeder, stimmt's? Nur um das Mädchen geht es Dir, Du
hast also ein handfestes eigenes Interesse. Versuche nicht, es zu
leugnen; natürlich stimmt es, das weiß ich. Diese Liebelei allein
hat Dir Deinen sonst so klaren Blick vernebelt. Denn dass Du
auf einmal auf die unangebrachte und überholte Humanduselei
der ewig Gestrigen hereinfällst, traue ich Dir nicht zu. Wir haben
doch das Gesäusel der Pfaffen von ›gut‹ und ›böse‹ inzwischen
überwunden und wissen es besser: Gut ist allein, was dem Volke
nützt! Dem hat sich alles andere unterzuordnen: Das ist unsere
Moral!«

Seine Enttäuschung war ihm deutlich anzumerken, als er vorwurfsvoll fortfuhr: »Dein Verhalten ist aber der beste Beweis dafür,
wie selbst verlässliche Gefolgsmänner unserer Idee sich von dem
gefährlichen Judenpack einlullen lassen. Wir können nicht wachsam genug sein!«

Ich schwieg und sah wie ein ertappter Sünder schuldbewusst zu
Boden. Meine abgeschaltete, innere Stimme wollte sich wieder
hämisch zu Wort melden, um darauf hinzuweisen, dass sie Recht
gehabt habe und ich mir diese Blamage hätte ersparen können,
wenn ich auf sie gehört hätte. Ich hörte nicht hin, denn mich be-

schäftigte etwas anderes: Woher wusste Wolfing von Paulinchen und mir?

Ehe ich dem Gedanken mehr Raum geben konnte, vernahm ich wieder seine Stimme: »Und was soll ich Deiner Meinung nach jetzt tun? Mich vielleicht dafür einsetzen, dass Goldschmidt aus unserem Erziehungslager entlassen wird, damit er in allen Ehren seinen Weinhandel weiter betreiben kann? Weißt Du eigentlich, was Du da verlangst? Haben wir den Juden nicht Jahre lang immer wieder gepredigt und empfohlen auszureisen? Etliche hatten doch auch Geld genug und Dein Weinhändler, schätze ich mal, doch auch. Er ist aber nicht abgehauen. Pech für ihn! Und nun sitzt er in der Patsche ...- Die Forderung des Führers, das Weltjudentum auszurotten, ist ja schließlich keine leere Formel, die man nicht ernst nehmen muss, und ist beileibe keine der üblichen Sonntagsreden, wie sie die Weimarer Politiker so gern gehalten haben. Wir handeln nämlich und lassen uns auf unserem Weg nicht beirren, schon gar nicht auf der Nase herumtanzen!«

Eigentlich wollte ich Wolfing darauf hinweisen, dass Goldschmidt nach der Machtübernahme, selbst wenn er gewollt hätte, keine wirkliche Chance zur Auswanderung gehabt habe, weil er schon wenige Wochen später interniert worden sei; aber ich unterließ es, weil mir Wolfings Stimmung im Augenblick für derart sachliche Hinweise wenig empfänglich erschien.

Er hatte sich so in Rage geredet, dass seine Augäpfel blutrot hervorgetreten waren und ich mir unter anderen Umständen ernsthaft Sorgen um seine Gesundheit gemacht hätte; nun holte er noch einmal tief Luft: »Ich kann es deshalb nicht glauben, dass Du das alles ernst gemeint hast, was Du mir hier eben vorgetragen hast. Wer als Jude bis jetzt nicht ausgereist ist, hat es selbst schuld und muss die Konsequenzen tragen, so einfach ist das.«

Plötzlich bekam sein Gesicht einen lauernden Ausdruck: »Aber es könnte noch einen anderen Grund geben, weshalb Du mit diesem abgrundtiefen Unsinn zu mir gekommen bist: Vielleicht bist Du von unseren Freunden ›von der anderen Seite‹, der SS, ausgeschickt worden, um meine Reaktion auszukundschaften, aus der sie mir dann einen Strick drehen könnten, wenn ich auf Dein Ansinnen eingehe. Ich weiß, dass einige von ihnen nur darauf warten, mir eins auszuwischen, um sich meinen Posten einverleiben zu können. Ja? Ist es so? Bist Du so ein Verräter unserer Sache? Tust Du mir das an, mir, der Dich immer wohlwollend gefördert hat und der immer ein verlässlicher Kamerad war? Dann gib es ruhig zu. Vielleicht kannst Du ja dann in der SS Karriere machen.«

Wolfing sah mich halb beleidigt, halb misstrauisch aus eng zusammen gekniffenen Augen an. Was er zuletzt gesagt hatte, schien ihm aber auch schon Leid zu tun. Wenn ich wirklich ein Spitzel der SS war, wäre ihm das jetzt schlecht bekommen. Das schien ihm langsam bewusst zu werden.

Ich stand auf und nahm Haltung an: »Herr Gebietsführer, ich gebe mein Ehrenwort, dass ich aus freien Stücken hier erschienen bin, von niemandem vorgeschickt. Ich war der offensichtlich irrigen Meinung, dass der Herr Gebietsführer meine Meinung teilt, Verständnis für die Lage von bedrängten Mitbürgern hat und vielleicht helfen könnte. Ich sehe ein, dass ich mich geirrt habe und bitte um Nachsicht.« .

»Mensch, Kreutzer, nun mal nicht so förmlich«, begann Wolfing sich abzuregen, »ich glaube Dir ja und Deinen Beweggründen, die ich aber nicht billigen kann.- Natürlich, da sind sich alle einig: Das Judentum, die anonyme Masse, muss verschwinden, aber ›mein Moses‹ oder wie er auch immer heissen mag, mein Freund von nebenan, das ist nicht so einer, nicht so ein typischer Jude, sondern ein ganz patenter Kerl, für den sollte eine Ausnahme gelten! So denken immer noch viele, ich weiß. So geht das nun aber mal nicht! Sieh‘ das doch ein! Wenn wir auf all die persönlichen Vorlieben Rücksicht nehmen wollten, wo kämen wir dann hin? Alle unsere Bemühungen, zu ändern, was geändert werden muss, wären doch für die Katz. Aber das weißt Du ja so gut wie ich.«

Vertraulich – wie in alten Zeiten – klapste er mir auf die Schulter, aber es gefiel mir nicht. Er merkte es und zog die Hand zurück: »Ich schlage vor, wir vergessen das Ganze. Ich muss jetzt wirklich los und kann den Reichsführer nicht länger warten lassen. So oft kommt der schließlich auch nicht nach Oberneustadt. – Hinterlasse doch mal die genauen Namen und die Anschrift der Familie – wie hieß sie gleich? – im Vorzimmer.«

In der Tür drehte er sich noch einmal um, während er geradezu andächtig seine eleganten grauen Glacehandschuhe überstreifte: »Übrigens, Kreutzer, noch der Rat eines Freundes: Du solltest umgehend Deine Kontakte zu diesem jüdischen Mädchen – wie hieß sie gleich? – beenden. Keine Liebschaften mit Judenmädchen, sie nutzen uns nur aus! Wir wollen doch unsere Rasse sauber halten. Das ist ein Befehl! Wir haben uns verstanden?! – Also bis demnächst, Heil Hitler«, und schon knallte die Tür, er war entschwunden und ließ mich ratlos zurück.

Wie sollte ich die Aufforderung, Namen und Anschrift der Goldschmidts zu hinterlassen, nun wohl verstehen: Wollte er vielleicht doch noch helfen? Eine Alternative, die mir nach seinem Wutausbruch eher unwahrscheinlich erschien; oder beabsichtigte er, die Familie endgültig aus dem Verkehr zu ziehen? Wollte er mich vielleicht auch schützen oder mich wegen dieser Kontakte in die Hand bekommen, um mich ans Messer zu liefern, wenn es sein musste? Sein Befehl enthielt doch eine unüberhörbare Drohung. Oder wollte er sich gar auch selbst schützen und den Rücken frei halten, wenn der Inhalt unseres Gesprächs auf irgendeine Weise ruchbar werden könnte?

Ich war verunsichert, vieles von dem, was ich bisher geglaubt hatte, begann in diesem Augenblick von mir abzugleiten wie ein alter Mantel, der einen lange Zeit gewärmt hatte und in dem man auf einmal Mottenfraß entdeckt. Was waren alle Beteuerungen von Treue und Kameradschaft wert, wenn Verläßlichkeit und Ehrlichkeit im entscheidenden Augenblick fehlen? Was galten die

Bekenntnisse zu unserer verschworenen Gemeinschaft, die wir ständig im Munde führten? Waren es alles nur Worte, leere inhaltslose Worte, um die eigene Position zu festigen und sie nach allen Seiten abzusichern, sodass vor Intrigen nicht Halt gemacht wurde und man notfalls sogar über Leichen ging – und seien die eigenen Kameraden die Opfer? War es so?

Denn in einem Punkt war ich mir ganz sicher: Wolfing wusste mehr, als er zugab. Er spielte mit verdeckten Karten. Wozu sollte ich ihm noch einmal die Namen im Vorzimmer hinterlegen? Das war doch nur ein Trick, ein Ablenkungsmanöver, denn er hatte ja eingeräumt, von meiner Beziehung zu Paulinchen zu wissen. Vermutlich kannte er sogar den Inhalt meiner nicht angekommenen Briefe an sie. Vielleicht hatte er sogar selbst veranlasst, sie abzufangen und hielt sie nun zurück, um mich im Bedarfsfall damit zu erpressen? Und dieser Wolfing sprach so gern von Treue, Aufrichtigkeit und Kameradschaft. In diesem Augenblick hasste ich ihn, obwohl ich ihm vielleicht sogar Unrecht tat, ein bißchen jedenfalls. Denn handfeste Beweise hatte ich nicht. Trotzdem, etliche Verdachtsgründe sprachen gegen ihn: Von Paulinchen und mir hatte er schon gewusst, bevor ich ihm heute meine Bitte unterbreitet hatte. Ohne diesen Anlass hätte er sich vermutlich auch nicht offenbart, um sich selbst im Bedarfsfall als Unwissenden darstellen zu können; notfalls hätte er mich ohne Warnung meinem Schicksal überlassen oder im passenden Augenblick Druck auf mich ausgeübt, wenn es für ihn von Nutzen war. War es so? Möglich, denn erpressbar war ich geworden, ohne Zweifel, und Wolfing traute ich nach seinem Auftritt jetzt einiges zu ...

Aber ich schwankte noch, war mir nicht sicher. Im Vorzimmer grüßte ich nur kurz das BDM-Mädchen, das schon wieder telefonierte und mich gar nicht beachtete. Ich verließ eiligst das Büro. Mein Misstrauen war geweckt, langsam war Nüchternheit in meine Überlegungen zurückgekehrt. Der Besuch bei Wolfing hatte mir die Augen geöffnet und meine anfängliche Begeisterung deutlich abgekühlt. Mein blauäugiges Vorgehen war ebenso dumm wie gefährlich, das war mir jetzt klar. Wie konnte ich mir nur einbilden, in einer derart brisanten Sache die Unterstützung eines »Goldfasans«, wie wir die Spitzenfunktionäre wegen ihrer goldbetressten Uniformen nannten, zu gewinnen? Sogar mit der gegenteiligen Reaktion musste ich jetzt für Paulinchen und vielleicht auch für mich rechnen. Zu sehr hatte ich mich in diese hehre Welt von Idealen und Zukunftsträumen verstrickt, über die ich als Gauredner beim Jungvolk lange Propaganda-Reden zu halten pflegte, und hatte übersehen, dass diese schöne neue Welt von Menschen gemacht werden sollte, die mit allen Mängeln, die Menschen in ihrem Streben nach Erfüllung ausschließlich eigener Ziele seit eh und je nun einmal mit sich herumschleppen, ausgestattet sind. Der Mensch verfügt ja nicht plötzlich über bessere Eigenschaften und wird zu einer höheren moralischen Instanz, nur weil er das Lied von einer in seinen Augen schöneren Welt singt. Aber die durch den Führer verkörperte Idee als solche, der wir uns verpflichtet hatten, stand über allem ..., das war damals noch meine Überzeugung, auch wenn sie schon gelegentlich ins Wanken geriet.

›Addi,‹ raunte mir eine Stimme zu, die ich diesmal unzweifelhaft Paulinchen zuordnete und der ich deshalb zuhörte, ›Addi, komm zurück auf die Erde, nimm Abschied von Deinen Träumen und Idealen und benutze wieder Deinen Kopf!‹ Und wieder fällt mir mein Vater, der Weinhändler, ein mit seinem Zitatenschatz: ›Die Schurken sind im praktischen Leben tüchtiger, weil ihnen die Wahl ihrer Mittel gleichgültig ist.‹

Danke, Paulinchen, ich werde auf der Hut sein!

Die unterschiedlichsten Gefühle und Überlegungen stürmten auf mich ein und es kostete einige Mühe, sie bei einigermassen klarem Kopf zu ordnen: Konnte ich jetzt auf direktem Wege zu Paulinchen zurück oder wäre es für sie und mich zu gefährlich geworden? Anrufen konnte ich sie nicht, Juden durften kein Telefon mehr unterhalten. Andrerseits: Ich musste zurück, sie wartete doch auf meinen ausdrücklichen Wunsch auf mich und meine Vorschläge zu unserem gemeinsamen weiteren Vorgehen. – Eines stand für mich fest: Paulinchen war in Gefahr, die durch meinen Besuch bei Wolfing nicht kleiner geworden war. Es war widersinnig, geradezu grotesk: Meine Intervention hatte möglicherweise sogar das Gegenteil von dem bewirkt, was ich zu erreichen erhofft hatte. Mea culpa! Mea maxima culpa! Ich war schuld, wenn ihr jetzt etwas zustieße, der Gedanke ließ mich nicht los.

Der Zug nach Moorvörden fuhr viel zu langsam, an jedem Kuhstall schien er zu halten, am liebsten wäre ich ausgestiegen und zu Fuß weiter gegangen, nein, gerannt. Wie würde es Paulinchen gerade in diesem Augenblick ergehen, ihr zumute sein? Denn sie rechnete doch mit meiner Rückkehr! Ich hatte keinen Blick für die geradezu in Zeitlupe vorüberziehende, stille norddeutsche Landschaft mit ihren weiten Wiesen und Weiden, die sich in der Unendlichkeit diesiger Wolkenschleier eines Spätnachmittags verloren.

Endlich dann die mir vertraute heisere Stimme des Stationsvorstehers: Moorvörden!

Ich war der einzige Passagier, der den Zug verließ. Ich musste unbedingt zu ihr, auch wenn sie mich erst morgen zurückerwartete. Aber dann konnte es zu spät sein! Draußen dämmerte es bereits, sodass ich glaubte, auf besondere Vorsichtsmaßnahmen verzichten zu können, zumal die spärlich aufgestellten Gaslaternen die Dunkelheit kaum erhellten. Eilig sprang ich die fünf Stufen des Bahnhofsgebäudes herab und lief zügig die lange Allee hinauf, die vom Bahnhof stadtauswärts an Goldschmidts Anwesen vorbei führt. Als auf der einsamen Strasse hinter mir ein Motorengeräusch hörbar wurde und mich eine kurze Zeit später eine schwarze Limousine in mäßiger Fahrt überholte, befiel mich einen kurzen Augenblick ein mulmiges Gefühl und ich suchte vorsichtshalber hinter einer dickstämmigen Buche am Strassenrand Deckung. Ob man mich schon sucht? Sah ich schon Gespenster? Aber das Auto fuhr, ohne zu halten oder seine ohnehin geringe Geschwindigkeit noch herabzusetzen, weiter und entzog sich hinter der nächsten Kurve meinen Blicken.

In der Nähe von Goldschmidts Haus blieb ich hinter einem Strauch verborgen auf der anderen Strassenseite stehen, um zu prüfen, ob sich hier etwas verändert hatte; unwillkürlich sog ich wie verhoffendes Wild zur Witterung tief die Luft ein. Das Anwesen lag so still und ruhig da, wie ich es heute morgen verlassen hatte. Deshalb beschloss ich, auf dem bekannten Weg durch das Loch in der Hecke zu kriechen, um mich von dort dem Gärtnerhaus zu nähern. Gesagt, getan. Einen Augenblick verharrte ich und glaubte auch, vom Gärtnerhaus einen schwachen Lichtschein aus einem der Fenster auszumachen.

Aber dann zuckte ich zusammen und fuhr erschrocken herum, als sich plötzlich eine Hand fest auf meine Schulter legte.

»Erschrecken Sie nicht, ich frage mich nur, was Sie hier zu suchen haben? Dies ist Privatbesitz und auch nicht der Zugang zum Haus, warum gehen Sie nicht durch die Eingangspforte?«, sprach mich ein Unbekannter in einer schwarzen Uniform an.

Aber ich hatte mich überraschend schnell gefangen: »Dasselbe könnte ich auch Sie fragen, denn Sie sind auch nicht der Besitzer oder ein Bewohner dieses Grundstücks, soweit ich weiß.«

Der andere lächelte. »Gut gekontert, Herr Kreutzer, Sie sind doch Gustav-Adolf Kreutzer?«, redete mich der Fremde zu meiner Überraschung mit meinem Namen an.

»Wie bitte? Sie kennen mich?«

»So ist es, wir suchen Sie sogar.« Und dabei zeigte er auf einen anderen Schwarzuniformierten, der wenige Meter entfernt regungslos an einen Baum gelehnt stand.

Das Lächeln war aus seinem Gesicht verschwunden, als er wiederholte: »Sie sind also der Jungstammführer Gustav-Adolf Kreutzer?!«

Als ich nickte und »...das sagte ich bereits«, murmelte, zog er ein Papier aus dem Ärmelaufschlag seiner Uniform: »Dann sollen wir Sie jetzt begleiten, zur Erledigung eines Sonderauftrages.« Auf mein ratloses Gesicht ergänzte er: »Nach Posen.« Ich war völlig verdattert: »Wie bitte? Ich verstehe nicht. Habe ich richtig gehört? Nach Posen? Was soll ich in Polen? --- Wer sind Sie überhaupt? Sicher verwechseln Sie mich.«

Als ich mich abwenden wollte, zog er mich durch das Loch in der Hecke zurück auf die Strasse in den trüben Schein einer abgedunkelten Laterne: »Sie sehen hier meinen Dienstausweis und dieses Schreiben, ausgestellt von der obersten HJ-Führung, an Sie persönlich adressiert. Ein Irrtum ist ausgeschlossen. Sie werden in Posen dringend benötigt, wo wohl ein neuer Jugendverband aufgestellt werden soll.«

Er steckte seinen Ausweis ein und wedelte mit dem Schreiben, das aus einem einzigen Satz bestand, allerdings die mir bekannte Unterschrift trug.

»Moment, Sie sehen mich doch völlig unvorbereitet. Ich muss zunächst nach Hause, um mein Gepäck zu holen und mich auf die plötzliche Abreise einzurichten. Schließlich muss ich meine Mitarbeiter und meinen Vermieter unterrichten. Außerdem komme ich soeben von einer Besprechung mit dem Gebietsführer, er hat mir von diesem Auftrag nichts gesagt. Da er mein Vorgesetzter ist, möchte ich ihn zunächst anrufen, um mir die neue Aufgabe erläutern und bestätigen zu lassen. Ihr Schreiben könnte schließlich eine Fälschung sein. Und wieso Posen? Was habe ich mit Polen zu schaffen?«

Alles, was mir gerade einfiel, warf ich dem anderen hastig an den Kopf in der vagen Hoffnung, dass ihn irgendein Argument überzeugen würde.

Aber er ließ sich nicht ablenken: »Sehen sie sich dieses Schreiben genau an: Es ist doch vom Reichsjugendführer persönlich unterzeichnet, da brauchen Sie keine Rücksprache mehr mit Ihrem Gebietsführer zu nehmen. Im übrigen sollten Sie wissen, dass wir Polen seit seiner Niederringung besetzt halten und wie überall auch im Wartheland durch den weiteren Aufbau von Nachwuchsorganisationen unseren Machtbereich festigen und erweitern müssen, heute, im fünften Kriegsjahr, notwendiger denn je.«

Die Männer musterten mich missmutig und wurden langsam ungeduldig.

»Trotzdem, meine persönlichen Sachen werde ich mir ja noch holen dürfen, es dauert nur wenige Minuten«, versuchte ich vorsichtig Zeit zu gewinnen. Vielleicht ließen sich die beiden düpieren und gaben mir einige Minuten, sodass ich Paulinchen wenigstens eine Nachricht zukommen lassen konnte. Als ich aber Anstalten machte, durch das Loch zurück in den Park zu kriechen, vertrat mir der Wortführer der beiden den Weg:

»Nichts da, so geht das nicht! Was Sie brauchen, werden Sie hier sowieso nicht vorfinden, weil Sie hier nicht wohnen. Sie sehen, wir wissen mehr über Sie, als Sie glauben. Aber es ist alles für Sie in Posen vorbereitet und eventuell notwendige Telefonate können Sie von Berlin aus führen, wo wir eine halbe Stunde Aufenthalt haben. Ihre Reise duldet keinen Aufschub, in Posen ist bereits für Sie ausreichend vorgesorgt. – Also los, Jungstammführer Kreutzer! Seien Sie froh, dass Ihnen diese verantwortungsvolle Aufgabe übertragen worden ist.« Dabei wechselten die beiden Männer vielsagende Blicke.

Eine Reihe von Fragen schoss mir durch den Kopf: Woher kam dieser plötzliche, angebliche Auftrag? Vom Reichsjugendführer bestimmt nicht, der hatte nur seinen Namenszug unter das Schriftstück gesetzt, mehr nicht. Wer aber hatte dann meine Abordnung veranlasst, etwa Wolfing, hinter meinem Rücken? Wenn es nicht Wolfing war, wer wusste überhaupt, dass ich hier war? Werde ich schon länger beobachtet und beschattet, ohne dass ich es bemerkt hätte? Warum habe ich es nicht bemerkt? Hatte ich mich in meiner herausgehobenen Position als eines der ›Hätschelkinder des Regimes‹ – so empfand ich mich nach meinem schnellen Aufstieg damals – zu sicher gefühlt? Immerhin wusste Wolfing ja von Paulinchen und mir. Irgendwoher musste er die Information bekommen haben ... Also wussten es auch andere. Die Frage war nur: Wer hatte die Überwachung veranlasst, wer die Beschlagnahme der Briefe verfügt? Irgendjemand musste mich doch beobachtet und denunziert haben ... Aber wer und warum?

Meine Gedanken drehten sich im Kreise, kamen immer wieder auf ihren Ausgangspunkt zurück. So viel ich auch hin und her überlegte, ich kam zu keinem Ergebnis, außer dem naheliegenden, mich kluger Weise zunächst einmal zu fügen oder zumindest so zu tun und abzuwarten. Jeder Schritt wollte jetzt genau überlegt sein, um nicht alles noch schlimmer zu machen.

Nur wenige Meter – und ich wäre am Ziel gewesen, am Ziel, um Paulinchen wenigstens eine Warnung zukommen zu lassen. Still und dunkel lag das Häuschen jetzt da, zum Greifen nahe und doch unendlich fern. Ihr so nah zu sein und doch nicht helfen zu können ... es war wie ein Symbol für menschliches Wollen und Tun, für unser aller Unzulänglichkeit, die uns immer wieder in unsere Grenzen verweist und uns so oft vorm Ziel scheitern lässt – Sysiphos und der Stein, der immer wieder den Berg hinunter rollt, kam mir in den Sinn, aber der Gedanke daran verstärkte in mir zugleich den Willen, nicht aufzugeben, ein Sysiphos wollte ich nicht sein: Ich war fest entschlossen, den Stein oben auf dem Berg festzuhalten, ihn zu fixieren ...

Noch einen letzten Versuch wagte ich, um etwas Licht in das Dunkel zu bringen: »Woher wissen Sie eigentlich, dass Sie mich hier erwarten konnten?«

Die Männer sahen sich an und schüttelten den Kopf. Aus ihnen würde ich also nichts herausbekommen. Sie schoben mich in einen bereitstehenden Wagen, den ich als das Fahrzeug, das an mir vorüber gefahren war, erkannte; in ihm saß ein weiterer Mann als Fahrer. Sie nickten sich wortlos zu und in hoher Fahrt ging es aus der Stadt hinaus in Richtung Osten ...

*L*iebe Leserin, lieber Leser, ich muss einen Augenblick verschnaufen, vermutlich habe ich auch Sie schon arg erschöpft, sodass Sie eine Pause gebrauchen können. Meine Uhr zeigt bereits Mitternacht, das Feuer im Kamin ist niedergebrannt, erst jetzt merke ich, wie kalt es inzwischen geworden ist. Aber die lebhafte Erinnerung an jene Jahre und das – zugegeben – etwas einseitige, trotzdem anregende Gespräch mit Ihnen müssen mich wohl abgelenkt und gegen die Kälte im Zimmer immunisiert haben. Noch heute – oder richtiger: gestern morgen hätte ich es nicht für möglich gehalten, dass mich dieser Tag derart in Aufregung versetzen würde. Ich hoffe nur, dass ich Sie nicht gelangweilt habe und tröste mich damit, dass Sie jederzeit sagen können: Schluss jetzt, ich klappe das Buch zu. Ich würde es verstehen, denn Erinnerungen, die uns beschäftigen, erfreuen, aber auch plagen können, wurzeln in unserem ganz persönlichen Erleben, haben uns geformt und sind Teil unseres Wesens geworden; sie sind etwas Subjektives, etwas Einseitiges, das nur uns, jeden einzelnen von uns angeht. Was können wir anderen davon schon weitergeben, was ihr Interesse – im besten Fall – ihre Empathie wecken könnte? Es werden immer nur Bilder, einzelne Szenen und Eindrücke sein, an denen andere teilhaben können, aber niemals die Dinge selbst, die unvermittelbar sind und immer nur die Gestalt gewinnen, die unsere subjektiven Empfindungen ihnen geben. So ist es doch!

Deshalb bin ich auch nicht sicher, Ihnen – bei allem ehrlichen Bemühen meinerseits – bis hierher alles so berichtet zu haben, wie es sich wirklich zugetragen hat. Ein anderer Zeuge jener Vorgänge würde womöglich eine Darstellung geben, die sich mit meiner nur in den äußeren Fakten deckt, im übrigen aber nur wenig Deckungsgleichheit aufweist. Ob Paulinchen unser letztes Treffen so schildern würde wie ich oder Wolfing unser Gespräch? Es wäre interessant zu wissen ... Apropos: Wolfing! Wenn ich noch Zeit habe, werde ich Ihnen verraten, was aus ihm geworden ist ... Es wird Sie überraschen!

Sicher wird der eine oder andere von Ihnen, liebe Leser, den Kopf schütteln und sagen: ›Wie kann der Kreutzer sich nach so vielen vergangenen Jahrzehnten noch so genau und detailliert an vieles, sogar an seine damaligen Empfindungen erinnern? Ist das nicht unwahrscheinlich?‹ -

Natürlich wissen wir, dass unsere Erinnerung nicht immer das wirklich Erlebte widerspiegelt, weil unsere eigenen Empfindungen und das Nacherleben, also die Sicht, die sich später auch durch andere Geschehnisse und Erfahrungen gebildet hat, mit einander vermischen, überlagern und sich zu neuen Bildern vereinigen. Aber die Kerninhalte, die ›Mosaiksteine‹ unserer Erinnerung, bleiben weitgehend erhalten; das tatsächliche, äußere Geschehen ist gleichsam der ›Mantel‹, der den Kerngehalt, also das, was für uns als wesentlich haften geblieben ist, schützend umhüllt. Er ist umso gegenwärtiger und im Bewusstsein abrufbar fest verankert, je beeindruckender und einschneidender er für die Bildung des Bewusstseins und damit des Charakters des jungen aufnahmebereiten Menschen geblieben ist. Und niemand, der jene Zeit bewusst erlebt hat, wird mir widersprechen, dass es eine Zeit voll prägender Erfahrungen für junge Menschen, im positiven wie im negativen Sinne, gewesen ist, was dem Menschen von Heute in einem weltoffenen Europa mit nüchternen, nahezu ideologiefreien Staatszielen kaum noch verständlich nahegebracht werden kann.

Ich bemerke, wie ein weißer fließender Schleier meinen Blick aus dem Fenster immer mehr erschwert; draußen, auf den Sprossen der Butzenscheiben hat sich eine breite Schneeleiste aufgebaut und wächst unaufhaltsam an den Scheiben empor: Es schneit ohne Ende. Für den Gang zum Bahnhof heute früh sehe ich angesichts der Schneemassen – paradoxer Weise – ›schwarz‹ ... Ich werde deshalb zeitig aufbrechen und auf einige Stunden meines gewohnten Nachtschlafs verzichten müssen. Trotzdem bin ich der Meinung, ich sollte Ihnen die Geschichte, wenn nicht bis zum Ende, das es noch gar nicht gibt, so doch bis zu ihrem vorläufigen Abschluss weiter erzählen, damit Sie sich selbst ein besser abgerundetes Bild machen können, auf den Besuch von Paulinchen vorbereitet sind und mir Ihren Rat geben können, auf den ich nicht verzichten möchte. Ich verspreche Ihnen aber, dass ich mich jetzt etwas kürzer fassen werde, zumal das Wesentliche auch schon berichtet worden ist, jedenfalls von dem, was damals in jenen Jahren, als die Welt auf dem Kopf stand, geschehen ist. Aber ich gehe davon aus, dass Sie, da Sie mir schon bis hierher gefolgt sind, gespannt sind und wissen möchten, wie es mit Paulinchen und mir weiter gegangen ist und welches Anliegen sie wohl in wenigen Stunden vorbringen wird. Ehrlich gesagt, ich bin es auch und spüre jetzt – fast wie ein Primaner vor dem ersten Rendezvous – eine erwartungsvolle innere Anspannung, wie ich sie seit jenen scheinbar so fern liegenden turbulenten Jahren nicht mehr erlebt habe.

Können Sie mich verstehen, wenn ich mich Paulinchen gegenüber schuldig fühle, weil ich sie im Stich gelassen habe, als sie mich am dringendsten brauchte? Dieser Gedanke hat mich belastet und lässt mich nicht los, mal mehr mal weniger, aber selten so heftig wie heute, seitdem ich Ihnen über all die Geschehnisse von damals erzähle und alles, was in meinem Unterbewusstsein wie auf einem Negativ gespeichert ist, durch jenen Anruf heute morgen vor mir wie auf einem Film abrollt.

Was wird sie von mir wollen? Wird sie mir Vorhaltungen machen, mir vorwerfen, sie in ihrer Not ihrem Schicksal überlassen zu haben? Darauf muss ich mich einstellen.- Wenn ich alles recht bedenke, gibt es kaum einen Grund, die Vergangenheit zu verklären, aber sie ist stets ein Grund, uns die Gegenwart zu erklären und sie uns in der Zwangsläufigkeit ihres Verlaufs plausibel zu machen; die ehrliche Auseinandersetzung mit dem Gewesenen, wozu ich bereit bin, kann erleichtern und das Leben erträglicher machen.

Sie, lieber Leser, als mein Ratgeber – oder sogar Richter? –, werden vielleicht sagen: Wieso, Kreutzer, was sollten Sie denn damals machen? Sie haben doch, sofern wir Ihrer eigenen Darstellung folgen, in bester Absicht gehandelt und wollten helfen. Sie sind doch derjenige, jedenfalls nach Ihrer Darstellung, der betrogen und bespitzelt worden ist. Ihre Schuld ist gering, Sie waren allerdings töricht und naiv, weil Sie aufgrund Ihrer Stellung um die Aussichtslosigkeit Ihres Unterfangens hätten wissen müssen ...

Und ich werde antworten: Das ist ja richtig, es entlastet mich aber nicht, denn ich hätte aufmerksamer, misstrauischer, vorsichtiger sein und danach handeln müssen. Meine eitle Selbstüberschätzung werfe ich mir vor: Durch sie wurde eine konkrete Gefahr für Paulinchen, wenn nicht heraufbeschworen, so doch beängstigend verstärkt. – Und hätte ich mich den beiden Männern nicht energischer zur Wehr setzen müssen, um Paulinchen zu erreichen, sie nicht nur zu warnen, sondern möglichst auch in ein sicheres Versteck zu bringen? Bei ihr ging es womöglich um Leben und Tod. Aber hätte ich mit meinem Widerstand überhaupt Erfolg haben können? Ich vermute, dass diese entschlossenen Burschen vor einer Benutzung ihrer Schusswaffen kaum zurückgeschreckt wären.

Aber eins weiß ich inzwischen und es erleichtert mich: Paulinchen lebt, hat überlebt! Dem Allmächtigen sei Dank! Und morgen, nein, heute werde ich alles erfahren und ertragen, was sie mir zum Vorwurf macht. Sie lebt, auch wenn das Überleben für sie und viele andere damals weniger gezählt haben mag als der Tod. Und ich frage Sie: Soll ich zu Kreuze kriechen, Rechenschaft ablegen, und so weiter und so weiter ...? Ich frage Sie, meine Leser, wie würden Sie sich verhalten? Und gäbe es denn so etwas wie Wiedergutmachung? Wie könnte sie überhaupt aussehen? Nach mehr als sechs Jahrzehnten! – Aber das ist ja auch ein allgemeines Problem, mit dem die Deutschen bis heute nicht fertig geworden sind ...

Lassen Sie mich zum vorläufigen Abschluss meiner Geschichte kommen: Was nach meiner plötzlichen Abkommandierung nach Posen geschah, lässt sich verhältnismäßig kurz zusammenfassen, soweit es Paulinchen und mich betrifft. Das andere – ja, das steht auf einem anderen Blatt meines bewegten Lebens – und ist ein Roman für sich. Das ›andere‹, damit meine ich das Geschick, das mich später, gegen Kriegsende ereilte. Aber ich habe trotz aller Schwierigkeiten jener Zeit, die unser heutiges Vorstellungsvermögen weit übersteigen und keinen annähernden Vergleich mit den nahezu unbegrenzten Möglichkeiten zur Verständigung und Kontaktaufnahme der Gegenwart aushalten, nichts unversucht gelassen, Paulinchen zu helfen, das nehme ich doch für mich in Anspruch.

$\mathfrak{M}$eine beiden Wachposten dösten vor sich hin, als der Zug gegen Mitternacht in die Ruinenkulisse des ›Lehrter Bahnhofs‹ einlief. Wären nicht die verschlafene Ansage aus dem Lautsprecher und das Stationsschild auf dem Bahnsteig gewesen – ich hätte nicht geglaubt, in Berlin zu sein. Die Stadt lag dunkel und düster da, wie ausgestorben; ein einzelnes vorsichtig tastendes Fahrzeug mit schlitzartig abgedunkelten Scheinwerfern suchte den Weg durch freigeräumte Strassen, an deren Rändern sich Schuttberge türmten, ansonsten eine bedrückende, nicht einmal von Sirenen unterbrochene Totenstille und tiefe Dunkelheit. Von der lebendigen Metropole von einst war nichts mehr zu spüren, ringsum Trümmer, soweit das Auge reicht. Hinten, jenseits des Spreebogens, die aufragende Silhouette des seit der Machtübernahme überflüssig gewordenen, jetzt stark beschädigten Reichstagsgebäudes, darüber wie auf einer Perlenkette gezogen die lautlose Leuchtspur von Geschossen der Flugabwehr.

»Unsere Fahne flattert uns voran, in die Zukunft ziehen wir Mann für Mann ...«, so sangen wir doch inbrünstig, als wir hier durch das Brandenburger Tor gezogen waren, damals.- Aber sah so die Zukunft aus, die wir erträumten und die uns Jungen verheissen war? Vielleicht musste alles erst in Schutt und Asche zerfallen, ehe der neue Staat daraus wie ein Phönix aus der Asche zum Licht emporsteigen konnte?! Noch immer war der Glaube an den Führer, dass er alles zum Besten wenden würde, ungebrochen. Man klammerte sich an diesen Glauben: Schließlich hat der Führer ja bislang alles in den Griff bekommen. Vielleicht war er doch ein

›Auserwählter‹, denn selbst vor etlichen Anschlägen auf sein Leben hatte ihn die Vorsehung bewahrt ...

Die dröhnende Stimme meines Begleiters erlöste mich aus meiner gedrückten Stimmung: »Sie können jetzt telefonieren, wenn Sie wollen. Wir haben eine halbe Stunde Aufenthalt.«
Ich irrte auf der Suche nach einem Fernsprecher auf dem Bahnsteig herum, immer verfolgt von den beiden Männern, die mich nicht einen Augenblick aus den Augen ließen, sodass mir der Gedanke an eine Flucht schnell verging. Wen sollte ich auch anrufen? Paulinchen – nur um sie ging es – hatte kein Telefon. Freunde oder Bekannte kamen nicht in Betracht, ich hätte sie unnötig in Gefahr gebracht, wenn ich sie um eine Mitteilung an Paulinchen gebeten hätte. Meinen Vater hätte ich anrufen können. Aber ihm konnte ich auch nicht zumuten, Paulinchen etwas auszurichten. Wolfing – zu dieser Nachtzeit? Ihn wenigstens nach dem ominösen Auftrag fragen? Ausgeschlossen. Also dann doch meinen Vater. Aber ich bekam keinen Anschluss ... Eigentlich kam es mir ganz gelegen.

Endlich, nach einem Aufenthalt, der mir wie eine ›Ewigkeit‹ vorkam, schob sich der schier endlose eiserne ›Wurm‹ der Eisenbahn mit seinen total abgedunkelten Waggons aus dem Bahnhof; ich war erleichtert, als der Zug das Stadtgebiet immer mehr hinter sich ließ und in die flache, dunkle Landschaft der Mark eintauchte, sodass mir der weitere trostlose Anblick der Hauptstadt erspart blieb.

Posen war zu dieser Zeit eine vom Krieg noch halbwegs verschonte Stadt, deren große Geschichte man an zahlreichen eindrucksvollen Bauten aller Stilepochen ablesen konnte.
Die beiden Männer führten mich zu einem Gebäude mit einer imposanten Renaissancefassade, in dem die örtliche Kommandantur ihren Sitz hatte. Während einer der beiden bei mir – sozusagen als Wache – zurückblieb, entfernte sich der andere und kam wenige Minuten später zurück, um mir mit einem Kopfnicken zu

bedeuten, ihm zu folgen. Es ging treppauf, bis wir in einer grossen Diele standen, in der geschäftiges Treiben wie in einem Ameisenhaufen herrschte, wobei ich angesichts der hin – und herflitzenden Uniformierten und telefonierenden Frauen vergeblich ein gewisses Ordnungssystem zu erkennen versuchte.

Während ich noch leicht verwirrt auf das ›Gewusel‹ vor mir starrte, öffnete sich seitwärts eine Tür und heraus trat ein vierschrötiger Uniformierter um die vierzig Jahre, an seinen Rangabzeichen als SS-Sturmbannführer erkennbar. Die Meldung meines Begleiters, der sich danach auf ›Nimmerwiedersehen‹ zurückzog, quittierte er mit einem kurzen zustimmenden Kopfnicken.

Er machte zwei Schritte auf mich zu, grüßte lässig, indem er den rechten Arm zum ›Hitlergruß‹ nur knapp in Hüfthöhe erhob, und gab mir seine Hand, die mich stark an die Tatze eines Bären erinnerte.

»Prock-Ohlendorf«, stellte er sich vor, »ich heisse Sie willkommen.«

Er bat mich in sein opulent mit antiken Möbeln ausgestattetes Dienstzimmer, an dessen einer Längswand ein riesiger Gobelin mit eingewirkten Runen und kreuzförmigen Ornamenten die Aufmerksamkeit in Anspruch nahm, während eine hintere Ecke des saalartigen Raumes von einem gewaltigen Bechstein-Flügel eingenommen wurde, auf dem ein Schallplattenspieler stand, der, soweit ich mich erinnere, ein Klavierkonzert von Chopin abspielte. Ein Bild des Führers oder eine Büste von ihm suchte ich ebenso vergebens wie eine Hakenkreuzfahne. – Diese Ausstattung war sehr überraschend für mich, da ungewöhnlich für das repräsentable Büro einer höheren NS-Charge in einem besetzten Land.

Prock-Ohlendorf übersah meinen fragenden Blick und kam nach wenigen einführenden Floskeln sofort zur Sache: »Die Hitlerjugend ist hier im Warthegau nicht mehr genügend vertreten, weil die Wehrertüchtigungslager in dieser Gegend bereits ›abgeräumt‹ sind, wenn Sie verstehen, was ich meine. Deshalb hatte meine SS-Einheit hier vorübergehend die entsprechenden Aufgaben, soweit möglich, übernommen. Aber jetzt soll hier, da sich, wie Sie wissen, die militärische Lage zuspitzt und in eine entscheidende Phase eintritt, noch eine Hitler-Jugend-Kampfgruppe in kürzester Ausbildungszeit aufgebaut werden; dafür brauchen wir Sie. Wir hatten von der Reichsjugendführung in Berlin einen erfahrenen Führer angefordert; ich hoffe, dass Sie unsere Erwartungen erfüllen und der nicht einfachen Aufgabe gewachsen sein werden.«

Er sah mich aufmerksam an, als erwarte er eine Antwort. Da ich aber schwieg, fuhr er fort: »Das wird keine leichte Aufgabe für Sie sein, die willigen und geeigneten Polen, Litauer und Volksdeutschen unter den jungen Leuten herauszufinden und für unsere Zwecke zu schulen. Die sprachliche Hürde ist dabei bei vielen sicher das größte Problem. Sie sprechen doch Polnisch? Oder jedenfalls etwas Litauisch? Nein? Macht nichts: Dann stellen wir Ihnen eben einen Dolmetscher zur Seite. Und wie gesagt: Es geht im Wesentlichen nur um die Einrichtung einer Kampfgruppe. Ach, was rede ich da: ›Nur‹!!!« Eine Spur von Traurigkeit verdüsterte einen kurzen Augenblick seine derben Gesichtszüge.

»Sie sehen mich überrascht, Herr Sturmbannführer«, nahm ich nun das Wort, »denn ich höre jetzt zum ersten Mal von diesem Inhalt meines Auftrages. Deshalb muss ich Ihnen leider sagen, dass ich denkbar ungeeignet für diese Aufgabe bin: Ich spreche kein Wort polnisch oder litauisch und habe keine umfassende militärische Ausbildung, sodass ich für Sie keine große Hilfe sein werde. Bislang war ich ausschließlich als Schulungsleiter und Parteiredner der Hitlerjugend eingesetzt. Ich bin zu diesem Auftrag überhaupt nicht gehört worden und konnte deshalb meine Bedenken auch noch nicht vortragen.«

Ich hoffte, auf diese Weise bei Prock-Ohlendorf eine Missstimmung hervorzurufen, die ihn veranlassen könnte, sofort in Berlin an meiner Stelle einen anderen anzufordern.

Meine Taktik schien zu fruchten, denn der Sturmbannführer kniff unwillig, fast ärgerlich, die Augenbrauen zusammen: »Ich hatte ausdrücklich einen erfahrenen Ausbilder für die HJ angefordert, Ihre Auswahl ist mir jetzt unverständlich. Da hat man wohl offenbar etwas missverstanden.«

Aber dann schien er sich zu meinem Leidwesen doch mit der Situation und meiner Person abzufinden, als er das Ergebnis seiner weiteren Überlegungen mitteilte: »Na, warten wir erstmal ab, so ›unegal‹ sehen Sie mir gar nicht aus, Sie schaffen das. Sie werden zunächst aus den in den Karteien bereits erfassten Jugendlichen diejenigen herausfiltern, mit denen wir noch eine halbwegs kampfstarke Einheit aufstellen können, also die Spreu vom Weizen trennen. Viele werden es nicht mehr sein, da die meisten bereits von uns in Ertüchtigungslagern ausgebildet wurden und längst im Fronteinsatz stehen. Drum frisch ans Werk! Dann sehen wir weiter.«

Ich sah meine Felle davon schwimmen und war empört: »Muss dafür extra ein Jungstammführer aus dem mehr als tausend Kilometer entfernten Nordgau einreisen? Diese Registraturarbeit, von der Sie sprechen, ist doch eine anspruchslose Tätigkeit, die auch jeder andere Ihrer zahlreichen Mitarbeiter hier im Vorzimmer erledigen kann.«

Ich erwartete nun von Prock-Ohlendorf eine heftige Reaktion, mit der er mich wegen meiner Unbotmäßigkeit ›abkanzeln‹ und zur Ordnung rufen würde, aber er war offenbar ein Gemütsmensch; unschlüssig zog er seine breiten Schultern hoch und bewegte seinen schweren Kopf abwägend im Takt nach beiden Seiten: »Es ist wie es ist, da kann man wohl nichts machen. Und ganz bestimmt haben Sie als hochrangiger HJ-Führer ja auch Erfahrung, welche Jugendlichen vor allem auch von ihrer Einstellung her für unsere Zwecke geeignet sind. – Gebrauchen können wir hier übrigens jeden Mann, weil wir total unterbesetzt sind. Was Sie in der Halle gesehen haben, ist ein wilder Hühnerhaufen mit unqualifizierten Hilfskräften, die nur nach Weisung arbeiten können. Wir haben aber Mangel an selbständig denkenden Fachleuten wie Sie, die rar geworden sind. Die meisten machen es sich doch in ihrem Kadavergehorsam bequem, tun, was immer ihnen aufgetragen wird, ohne nachzudenken. Dabei gilt doch auch in unserer modernen

Welt die altrömische Erkenntnis: Quidquid agis, prudenter agas et respice finem! Handele stets klug und – ganz wichtig – bedenke das Ende!«

Ich kam ins Grübeln: Wie kam er eigentlich darauf, mich als ›selbständig denkend‹ zu bezeichnen? Er kannte mich doch gar nicht? Fast hätte ich seinen Schlusssatz überhört:

»Deshalb seien Sie uns nochmals willkommen, auch wenn Sie, wie Sie sagen, von militärischen Dingen nur wenig Ahnung haben. Das mag dann eine ›cura posterior‹, eine spätere Sorge sein.«

Aus einem Fach seines mit reichem Schnitzwerk versehenen Schreibtisches entnahm er eine voluminöse, bereits zur Hälfte geleerte Cognac-Flasche und zwei Gläser: »Darauf müssen wir anstossen.«

Die Gläser schenkte er randvoll ein. Als ich ablehnte, nahm er Haltung an, murmelte halblaut: »Prost, mein Führer«, und stürzte beide zügig ohne Umschweife herunter.

Dann sah er sich in seinem geräumigen Zimmer, das mehr einem Tanzsaal als einem Arbeitszimmer glich und dessen grossen Fenstern ein großzügiger laubenartiger Arkadengang ›zum Ergehen in frischer Luft‹, wie Prock-Ohlendorf sich ausdrückte, vorgelagert war, mit einer bedauernden Handbewegung um: »Hier ist es etwas knapp mit Räumlichkeiten, wie Sie sehen; ich habe Ihnen deshalb ein Büro in der alten Akademie einrichten lassen. Dort finden Sie alles, was Sie brauchen, vor allem die Karteien, Ihr hauptsächliches Arbeitsmaterial. Ich wäre Ihnen dankbar, wenn Sie mir etwa wöchentlich über Ihre Fortschritte berichten, weil ich Berlin unterrichten muss. Wenn sich schon möglichst bald erste Erfolge einstellen sollten, wäre das besonders schön – schön für uns beide. Es genügt, wenn wir schon mal schnell um die hundert Geeignete melden könnten. Ich denke, die werden Sie auch finden, mit etwas Mühe. Über den Einsatz dieser Jungens wird dann, wenn noch nötig, später befunden werden. Vielleicht brauchen die jungen Kerle ja ihren Kopf auch gar nicht mehr hinzuhalten.«

Als wolle er die gefährliche Tragweite seines letzten Satzes vergessen lassen, setzte er schnell hinzu: »Ich meine: ... wegen des baldigen Endsieges ... übrigens: Eine Bettstelle für den vorübergehenden eigenen Gebrauch finden Sie dort in Ihrer Unterkunft auch, in einem Nebenraum.«

Er lachte über seinen vermeintlichen Scherz etwas gequält laut auf und mit einem schmerzhaften Händedruck seiner Bärentatze war ich entlassen.

›Ein komischer Vogel, dieser Prock-Ohlendorf, dachte ich, konnte man ihm trauen oder spielte er nur den trinkfreudigen Biedermann, der die Bemühungen um den ›Kampf bis zur letzten Patrone‹ mit Skepsis betrachtete und ihn – auf legale Weise – sogar zu hemmen versuchte? Und was sollte wohl seine Bemerkung bedeuten, dass über den Einsatz der ausgewählten Jugendlichen später befunden werden solle, ›wenn noch nötig‹? Wollte er mich auf meine Standfestigkeit testen? Oder war er schon ein Defätist geworden, der nicht mehr an den Endsieg glaubte? Dann war seine Bemerkung mir, einem Unbekannten, gegenüber riskant. Was könnte ich wohl daraus machen?‹ – Ich wurde nicht klug aus ihm.

Gern hätte ich gewusst, was über mich in dem Bericht aus Berlin an Prock-Ohlendorf gestanden hatte, mit dem meine Auswahl und Ankunft angekündigt worden war. Viel Aufschlussreiches für Prock-Ohlendorf kann es nicht gewesen sein, dazu schien er mir zu wenig informiert. Aber ich hatte mich nicht getraut, ihn zu fragen: Prock-Ohlendorf hätte meine Neugier falsch interpretieren können ...

$\mathcal{D}$a saß ich nun: In einem dunklen schäbigen Raum, dessen feuchte Wände seit Jahrzehnten keine Farbe, geschweige denn Tapeten gesehen hatten; nach draußen fiel mein Blick in einen öden Hof durch ein Fenster, dessen verfaulter Rahmen so brüchig war, dass ich es nicht zu öffnen wagte, um die muffige Luft zu entlassen. Der Hof mündete in eine menschenleere, von maroden Katen gesäumte Gasse, durch die miauende, hungrige Katzen strichen.

Das Mobiliar des engen Zimmers bestand aus einem klapprigen Schreibtisch mit Rohrstuhl und einem sich durchbiegenden Holzregal, das der Last der aufgetürmten Akten nicht lange standhalten würde.

Ein Telefon suchte ich vergeblich. Wie sollte ich dann hier arbeiten? Allmählich keimte in mir der Verdacht, dass man mich ›strafversetzt‹ hatte, mich loswerden, ohne Aufhebens kaltstellen wollte, um mich oder die Organisation – oder beide – zu schützen. Wenn meine engen Kontakte zu Paulinchen, einer Jüdin, auch in weiteren Parteikreisen ruchbar geworden wären, hätte die HJ blamiert dagestanden. Das konnte ›höheren Ortes‹ angesichts der lauernden Rivalität zwischen den verschiedenen Gliederungen der Partei nicht hingenommen werden. So war es ein geschickter Schachzug, mich hier ›in die Wüste‹ zu verbannen, wo ich keinen Schaden anrichten konnte und von Moorvörden weit genug entfernt war. So konnte man dann Gras über die Sache wachsen lassen ...

Aber ich hatte nicht die Absicht, mich hier auf Dauer einzurichten, häuslich schon gar nicht, dazu war das Umfeld nicht angetan. Die

Arbeit entsprach zudem nicht meinen Vorstellungen; sie schien so, wie es aussah, aber den unschätzbaren Vorteil zu haben, dass man mich hier in Ruhe lassen werde. Vielleicht könnte ich von hier aus meine Fäden nach Moorvörden spinnen, auch wenn diese Fäden sehr lang sein müssten – so an die tausend Kilometer lang. Diese Vorstellung dämpfte meine diesbezügliche anfängliche Begeisterung allerdings zunächst einmal empfindlich.

In einem vom Arbeitszimmer aus erreichbaren fensterlosen Kabuff stand die besagte Bettstelle, die ersichtlich schon viele Benutzer erlebt hatte, folglich auf ein bewegtes Leben zurückblicken konnte; auf ihren beklagenswerten maroden Zustand musste ich wohl den Lachanfall von Prock-Ohlendorf zurückführen, es sei denn, er verband persönliche lustige Erinnerungen mit diesem Möbelstück, was mir verborgen geblieben war. Immerhin verfügte mein knarrendes, wackliges Nachtquartier über eine mit frischem Bettzeug bezogene Wolldecke, was sich wohltuend von der allgemeinen Tristesse abhob.

Das war nun also mein neues Zuhause.

›Alles ist vorbereitet …‹, diese Worte meines Entführers habe ich noch im Ohr. Wenn das die Vorbereitung war: Kein Bad, keine Küche, nicht einmal eine bescheidene Möglichkeit, einen Tee zu kochen. Nun, auf eine spartanische Lebensweise waren wir ja in der Hitlerjugend hinreichend gedrillt; draußen in Zelten oder Heuschobern beim Bauern zu nächtigen, als wir jeglichen Komfort als dekadent verachteten und auf unsere Weise die rassisch reinen Sitten arischer Überlegenheit praktizieren wollten, hatte wenigstens eine romantische Attitüde. Das war ja ›Gold‹ gegenüber diesem schäbigen Angebot hier; dann schon lieber eine Bleibe in der freien Natur.

Im übrigen schien mir das Haus von geisterhafter Leere zu sein; ich war wohl der einzige Bewohner. Als ich noch in die Betrachtung dieser Idylle versunken war und mit einem Anflug von Melancholie auch an mein Zuhause mit dem flauschig weichen Bett dachte, öffnete sich hinter mir die Zimmertür, langsam, vorsichtig. Der Kopf eines jungen blässlichen Mädchens kam zum Vorschein.

»Ich hatte geklopft, niemand hat etwas gehört«, lächelte sie etwas unsicher.

»Bitte kommen Sie näher, wer sind Sie?«

Schüchtern, mit leicht tänzelnden Schritten schwebte sie herein und sah sich suchend um, um sich auf mein einladendes Handzeichen mit Bedacht und einer leicht staubwischenden Handbewegung auf der einzigen Sitzgelegenheit, dem Rohrstuhl, nieder zu lassen.

»Leider kann ich Ihnen nicht mehr Komfort bieten, ich bin gerade erst angekommen.« Ich machte eine bedauernde Handbewegung.

»Ich heiße Ana Pawlowski«, stellte sie sich vor. Ich nannte ebenfalls meinen Namen, den sie offenbar schon kannte, und fragte sie nach ihrem Begehr.

»Ich soll Ihnen helfen, Akten lesen – als Dolmetscherin ...«

»Ja, sehr gut, das wird nötig sein, ich spreche kein Wort polnisch.«

Sie nickte wissend und lächelte, ein eigenartiges, – mit etwas Phantasie- geheimnisvolles Lächeln, das von Innen her ihr schmales Gesicht mit grossen fragenden Augen belebte.

»Sagen Sie mir, damit wir uns etwas besser kennenlernen, sind Sie Polin und wie kommen Sie zu dieser Aufgabe?«

Sie lächelte wieder und schien nach Worten zu suchen: »Ja, ich bin Polin, wie nennt man es: Ich bin verdienstet ...«

»– dienstverpflichtet ...«

»ja, richtig: dienstverpflichtet, so heißt das wohl, von der deutschen Besatzung, ich meine, deutsche Regierung, weil ich etwas deutsch spreche.«

»Sie sprechen aber sehr gut deutsch, wo haben Sie es gelernt und was machen Sie sonst, wenn Sie nicht dolmetschen?«

»Ich bin von Beruf Ballettänzerin, war längere Zeit vorm Krieg auch in Berlin, daher meine Kenntnisse; bis vor kurzem war ich noch hier an der Oper beschäftigt. Aber die Vorstellungen sind zu Ende.«

»Schade, ich hätte Sie gern einmal als ›sterbenden Schwan‹ gesehen ...« Ich war froh, dass sie meinen – ich gebe es zu – nicht sonderlich taktvollen Scherz überhörte, sich stattdessen missbilligend im Zimmer umsah, aufstand und herumging: »Hier ist es nicht sehr wohnlich, ich werde Ihnen noch etwas bringen, aus den anderen leeren Zimmern, oder ich zeige es Ihnen: Dort stehen Sessel, Tisch und Teppiche auch, niemand wohnt dort.«

»Warum ist dieses Haus so leer? Wissen Sie es?«

»Das weiß ich nicht, aber es ist schon lange leer, früher war es eine Schule, dann haben hier Polen gewohnt, die wurden in eine andere Stadt gebracht.«

»Juden?«

Sie sah mich forschend an und zuckte mit den Schultern. Wenn sich hier menschliche Tragödien abgespielt haben sollten, hätte sie es mir bestimmt nicht gesagt, also vermied ich, weiter nachzufragen.

»Aber wenn Sie sich hier so gut auskennen, wissen Sie sicher auch, wo ich mal baden oder einen Tee kochen kann?«

»O, kein Problem: Ich bringe einen kleinen Ofen für Tee, waschen können Sie hier unten in der Waschküche, da ist fließend Wasser.«

Na, schöne Aussichten. Aber Ana gefiel mir. Sie würde mir diese trostlose Umgebung etwas verschönern. Irgendwie erinnerte sie mich mit ihren grossen ausdrucksvollen Augen und ihrer praktischen Art, Probleme anzupacken, ein wenig an Paulinchen. Vielleicht gefiel Ana mir auch deshalb, jedenfalls war sie im Augenblick der einzige Lichtblick in dieser Ödnis.

»Haben Sie schon gegessen?«, unterbrach sie fürsorglich meine Betrachtungen. Ich schreckte auf: »Nein, Sie haben Recht, ich habe über all dem Neuen meinen Hunger glatt vergessen, und der ist nicht von Pappe.«

Sie lächelte ihr unvergleichliches Lächeln: »Pappe? Was ist Pappe? -Keine hundert Meter entfernt ist die Kantine der SS, dort haben Sie Zutritt, mit Ausweis. Hat man Ihnen das nicht gesagt?«

»Vielleicht, vielleicht habe ich es vergessen ...«

Eigentlich wollte ich aus der Haut fahren und mich ärgerlich äußern, dass ich weder von Prock-Ohlendorf noch von sonst wem irgendwelche Informationen erhalten hatte. Aber mein Misstrauen war wieder geweckt und hielt mich zurück: War die nette Ana vielleicht auch ein Spitzel, der mich zu observieren hatte? Sie wirkte nicht so, aber das haben Spitzel so an sich, denke ich mal. Ich nahm mir vor, vorsichtig zu sein; das mit Wolfing, das sollte mir nicht noch einmal passieren ... Apropos Wolfing: Ich versuchte, mit ihm über die offizielle Telefonzentrale der SS Kontakt aufzunehmen, um Näheres über meine plötzliche Abordnung zu erfahren. Er war nicht zu erreichen: Entweder war er wirklich versetzt worden, wie mir das noch von meinem Besuch bekannte, ständig telefonierende BDM-Mädchen erklärte, oder er ließ sich verleugnen.

Persönliche Kontakte knüpfte ich in der folgenden Zeit keine, dreimal lud mich Prock-Ohlendorf zum Essen ein. Das war's. Die Kameraden und Kameradinnen der anderen Dienststellen interessierten mich wenig, ihre Namen, ihre Gesichter sind mir in meiner Erinnerung ›verdunstet wie Wassertropfen auf der flachen Hand‹, um es einmal poetisch auszudrücken.

Sie erregten allenfalls meinen Widerwillen, – gelinder ausgedrückt – mein Erstaunen, das Erstaunen eines recht naiven, unbedarften Hitlerjungen aus einer entlegenen Provinz des Reiches, der von einer Welt träumte, die sich angesichts der Unvollkommenheit der Menschen, wie sie sich auch hier ausufernd breitmachte, niemals würde verwirklichen lassen. Was ich hier sah, stand zu den hehren Grundsätzen, die uns von der Parteileitung vermittelt und von mir an die ›Pimpfe‹ der Hitler-Jugend weiter gegeben worden waren und – noch schlimmer – an die wir glaubten, im krassen Widerspruch. Was habe ich dem Jungvolk alles erzählt über Sitten – und Rassenstrenge, Disziplin, Selbstzucht, Respekt und Ehrfurcht vor ethischen und geistigen Werten, auf die sich unsere Überlegenheit gründet, und so weiter und so weiter ... Und hier? Wenige Kilometer hinter der Front: Alle diese Prinzipien wurden über Bord geworfen, schlimmer – in den Schmutz getreten: Ausschweifungen, wüste Trinkgelage, nachlässige Erledigung der Dienstgeschäfte, fragwürdige Allianzen zwischen Besatzern und Einheimischen waren an der Tagesordnung. Zunächst glaubte ich an Verfehlungen einzelner, aber je länger mein Aufenthalt dauerte, desto mehr musste ich auch ohne mein Zutun erfahren, dass diese

Exzesse, ohne Scheu vor der Öffentlichkeit, auch bei den obersten Chargen gang und gäbe waren; Prock ausgenommen, was ich ihm hoch anrechnete.

Das war nicht meine Welt, ich habe mich abgekapselt, obwohl ich mich nicht als prüde bezeichnen würde, habe mich in mein Schneckenhaus zurückgezogen, von Enttäuschung und immer stärkeren Zweifeln gepeinigt, ob wir die Ziele, die uns von einer besseren Welt träumen ließen, mit diesem ›Menschenmaterial‹ – ein scheußlicher Ausdruck jener Jahre – jemals würden erreichen können. Ob nicht alles doch nur ein gut inszeniertes Theater gewesen war, dessen Hauptdarsteller und Komparsen jetzt nach und nach die Masken fallen ließen ...?

Als ich Prock-Ohlendorf bei einem der Essen auf diese Orgien, diese Pflichtvergessenheit, auf ihre Unvereinbarkeit mit unseren Grundsätzen, mit der unfehlbaren Treue zu den Prinzipien unseres Führers, unserem Staat und unseren Aufgaben ansprach, sah er mich lange an und äußerte sibyllinisch: »Nehmen Sie diese Rasselbande nicht zu ernst, so geht es doch überall auf der Welt, seit eh und je, überall scheint letztlich ja auch derselbe Mond. Das heißt, die Menschen verhalten sich überall gleich. Woher sollten denn auch die neuen Edelmenschen bei uns nach der Machtübernahme plötzlich kommen? Wenn überhaupt, woran ich zweifle, doch frühestens in der nächsten Generation, in Ihrer.- Mein Vater, ein ausgewiesener Kenner der Pferdezucht, hat es einmal so ausgedrückt: ›Du kannst doch aus einem Ackergaul kein Rennpferd machen, bloß, weil Du ihn auf eine Rennbahn stellst.‹ So ist das doch 1933 gewesen, als der Bedarf an Führungskräften größer war als das vorhandene Angebot. Das Dilemma sehen wir jetzt.«

Prock-Ohlendorf nahm einen tiefen Schluck:

»Sie sind noch jung, mein Freund, aber Sie werden noch lernen, dass es im Leben nur heißt: Fressen oder gefressen werden, jeder sieht zu, wie er durchkommt – alles andere ist Lyrik, Poesie und Träumerei, selbst wenn sie von unseren Parteiideologen und – philosophen, wie Rosenberg und Co., stammt, die uns etwas anderes verkaufen wollen, das aber auch nur ihrer eigenen Gehirnmasse entsprungen ist, daher wenig allgemein Gültiges enthält und mit dem wirklichen Leben und den Bedürfnissen des Menschen kaum in Einklang zu bringen ist. Als tragfähige Ersatzreligion, zudem ohne Gott, werden all die erdgebundenen Daseinsentwürfe wie Kommunismus, Sozialismus, Nationalismus und wie sie alle heissen mögen, keine dauerhafte Zukunft haben. Man muss die Dinge nehmen, wie sie sind und nicht wie sie nach irrealen Wunschvorstellungen sein könnten, denn diese sind ohne nennenswerte Substanz und geben dem Ganzen höchstens eine Scheinlegitimation von begrenzter Laufzeit.- Es kommt für einen selbst deshalb nur darauf an, in dieser Welt ›unerschrocken fest zu stehen und wie ein Fels die Wut der ihn umbrausenden Wogen zu dämpfen‹, wie Mark Aurel, der römische Kaiser und Denker, es beschrieben hat. Er hat Recht, darum geht es allein. Sie werden jetzt denken: Der redet ja mehr wie ein Pfaffe und nicht wie ein SS-Offizier. Das mag daran liegen, dass ich in einem früheren Leben – wie lange liegt das nun schon zurück? – Theologie studiert habe; das wirkt nach wie meine lateinischen Einsprengsel von Zitaten.« Er lächelte versonnen, in sich gekehrt, und dann: »Nur noch eins: Sehen Sie sich diese Mädchen und Jungen an: Sie werden nicht viel von ihrem Leben haben, weil es bald vorbei sein wird. Also sehen Sie über alles hinweg, gönnen Sie ihnen noch etwas und seien Sie nicht zu streng.«

Ein unvermutet wahrhafter Philosoph und Stoiker, unser Sturmbannführer, zwar nicht ohne Zynismus und Bitterkeit, aber doch auch mit Verständnis für die Schwächen der menschlichen Natur. Und hatte er nicht sogar ›Gott‹ erwähnt? Warum war er wohl nicht bei der Theologie geblieben? – Ein SS-Offizier, der mir Rätsel aufgab ...

Die Karteikarten und Akten an meinem dürftigen Arbeitsplatz gaben nicht viel her, zumal die Eintragungen ausnahmslos in polnischer Sprache abgefasst waren. So bat ich Ana, erst einmal die dürren Texte zu übersetzen, das dauerte. In der Zwischenzeit hatte ich Zeit, viel Zeit, die ich darauf verwendete zu überlegen, wie ich Kontakt mit Paulinchen aufnehmen könnte, wenn sie überhaupt noch in ihrer Wohnung war.

Ich erfuhr von Ana, dass wöchentlich am Freitagabend ein Urlauberzug aus Richtung Warschau in Posen Halt macht, um weitere Urlauber aufzunehmen, die ins Reich fuhren. Dieser Zug kam jeweils am Montag wieder zurück. Das wäre eine Fahrgelegenheit, überlegte ich, aber woher sollte ich eine Reisegenehmigung erhalten? Von Prock-Ohlendorf sicher nicht nach so kurzer Zeit. Und die Kontrollen in diesen Zügen waren streng.

Aber dann hatte ich eine Idee: Ich fragte Prock-Ohlendorf, ob ich nicht sozusagen als Kurier, als ›Reitender Bote‹, die ersten Ergebnisse unserer Arbeit zur Prüfung nach Berlin bringen könnte, das wäre schneller und sicherer als mit der üblichen Kurierpost. Immerhin hielte ich aus den vorhandenen Restbeständen etwa hundertzehn Jugendliche für geeignet, die gesund seien und auch die notwendige Einstellung zu unseren Anliegen mitbrächten. Das ›placet‹, mit ihnen in der militärischen Ausbildung zu beginnen, müsse aber aus Berlin kommen. Die Angelegenheit sei schließlich eilig und gestatte keinen Aufschub.

Prock-Ohlendorf sah mich aufmerksam und zugleich ein wenig misstrauisch an, und nach einer Weile: »Eigentlich keine schlechte Idee, Kreutzer, wenn ich so darüber nachdenke, zumal das Wehrersatzamt schon telefonisch nachgefragt hat, wann mit der Aufstellung der Einheit endlich gerechnet werden könne, da Druck ›von ganz oben‹, vom Reichsverteidigungskommissar, gemacht werde ... Aber wie wollen Sie denn die Reise nach Berlin schaffen, Kreutzer?«

Ich war vorbereitet: »Mit Ihrer Hilfe und dem Urlauberzug am Freitag.«

»Urlauberzug?« fragte Prock-Ohlendorf erstaunt, »gibt es sowas noch? Ich habe seit drei Jahren keinen Urlaub mehr gehabt. – Aber gut, Kreutzer, fahren Sie nach Berlin und liefern Ihr Paket, dem ich noch weitere Vorgänge beifügen will, bei dem Legationsrat der Abteilung XI, Dr. Höfler, persönlich ab und kommen mit dem nächsten Zug sofort zurück. Ihre Fahrerlaubnis ist auf drei Tage beschränkt. Also keine Zeit für Mätzchen, Kreutzer!«

Vor Freude hätte ich einen Luftsprung machen und ›Procki‹ umarmen können.

Drei Tage – die Zeit war knapp bemessen, aber ich machte mir noch keine Gedanken darüber, wie ich von Berlin aus die circa. 500 km weiter kommen sollte, nach Moorvörden und zurück. Irgendeine Möglichkeit werde es schon geben, redete ich mir Optimismus ein. Hauptsache, ich war erst einmal in Berlin. Von dort gab es immer eine Möglichkeit, auch wenn die fortschreitenden Kriegsereignisse, die zunehmenden Luftangriffe und die näher rückende Front, die Verkehrsverbindungen immer häufiger lahm legten.

Ana machte ein erstaunte Gesicht, als sie von meiner Reise ins Reich erfuhr. »Werden Sie denn überhaupt noch zurückkommen können? Wie man hört, sind die Russen doch weniger als hundert Kilometer von Posen entfernt.«

»Na, den Ruski stoppen doch unsere Truppen und werfen ihn zurück«, grinste ich, »in drei Tagen muss ich doch wieder hier sein, das muss einfach klappen.«

Ana sah mich ungläubig an und schüttelte den Kopf. In aufsteigendem Trennungsschmerz umarmten wir uns und hatten einen Augenblick das Gefühl, wir würden uns nie wiedersehen. Irgendwie hatten wir uns in der kurzen Zeit ein wenig an einander gewöhnt. Sie tippte mir auf die Schulter: »Das machen wir beim Theater immer so, es heißt: Viel Glück, es war für Dich, Gustav! Du hast hier ein viel zu kurzes Gastspiel gegeben. Es war doch nur ein Gastspiel?«

Sie lächelte ihr unvergleichliches Lächeln, während eine Träne ihre Gesichtskosmetik in Unordnung brachte. Sie hatte mich, ohne es zu bemerken, geduzt.

»Natürlich bin ich bald zurück«, versuchte ich dem Augenblick die Rührung zu nehmen; »...aber wenn nicht, was machst DU dann?«, nahm ich ihren vertraulichen Ton auf. Sie antwortete nicht. Noch nie hatte ich sie nach ihrer Familie gefragt. Aber jetzt, nach ihrem Schweigen, fragte ich doch, ob sie nicht zu ihrer Familie gehen könne.

Sie schüttelte den Kopf:« Sie leben nicht mehr, niemand. »Mehr wollte sie offensichtlich nicht sagen. »Aber«, und sie lächelte wieder, »ich spüre, Du kommst nicht zurück, Gustav. Kannst Du mich nicht mitnehmen ins Reich, ich mache mich auch ganz klein, werde Dir keine Last sein.«

Ich gebe zu, es fiel mir in diesem Augenblick aus vielerlei Gründen schwer, ihren Wunsch abzuschlagen, aber es ging nicht anders. Sie nickte verständnisvoll, als habe sie von mir keine andere Antwort erwartet. Heute bin ich mir sicher, dass sie eine Ahnung hatte von dem, was ihr bevorstand, von ihrem verhängnisvollen Schicksal, dem auszuweichen sie bei mir einen letzten Versuch gemacht hatte.

Weil mir, während ich Ihnen dieses berichte, jene Abschiedsszene deutlich vor Augen steht, gestatten Sie mir, dass ich noch kurz etwas einflechte, obwohl ich Ihre Zeit schon über Gebühr beansprucht habe, aber es ist mir wichtig: In den achtziger Jahren des vorigen Jahrhunderts, als die starren Eisblöcke des Kalten Krieges abzuschmelzen begannen und die Fronten durchlässiger wurden, hielt ich mich mit einer Wirtschaftsdelegation unter anderem auch in Posen auf. In einem Anflug nostalgischer Empfindungen, wie man heute sagen würde, konnte ich nicht widerstehen, meine früheres Kabuff aus dem letzten Kriegsjahr noch einmal aufzusuchen. Ich habe es gefunden, auch wenn sich die Umgebung völlig verändert hatte. Das Haus war zu einem lichten modernen Seminargebäude der Universität umgebaut worden. Aber mein Zimmer gab es noch; es war jetzt die Kaffeeküche für die Studierenden. Der Blick aus dem Fenster hatte allerdings an öder Trostlosigkeit nichts eingebüßt. Sonst erinnerte nichts mehr an jenen kurzen Aufenthalt gegen Ende des 2. Weltkrieges.

Und doch: Meine Einbildung spielte mir einen Streich: Plötzlich war mir, als schwebe das dezente Parfüm Anas durch den Raum, das mir früher nie besonders aufgefallen war, und einen Augenblick vermeinte ich sogar, Ana im Spiel des Sonnenlichts vor dem geöffneten Fenster zu erkennen, wie sie bezaubernd lächelt und mir zuflüstert: ›Pappe – was ist das?‹ – Aber als ein Student geräuschvoll mit den Kaffeetassen klappert, ist der Spuk verflogen, löst Anas Schemen sich auf, nicht ohne mir noch einmal zugewinkt zu haben, und die Rückkehr in die Gegenwart ist für mich in diesem Augenblick härter denn je zuvor.

Sie werden jetzt gewiss fragen, ob ich denn noch irgendwelche Nachrichten von Ana erhalten oder nach ihrem Schicksal geforscht habe. Ich habe es. Aber erst Mitte der neunziger Jahre, als die Archive geöffnet wurden, bekam ich etwas heraus: Ana war wegen ihrer Kollaboration mit den Deutschen nach Einmarsch der Russen sofort liquidiert und in den Wirren jener Tage vermutlich in einem Massengrab verscharrt worden.- Ich denke oft an sie, nicht ohne Schuldgefühle, sie steht mir heute noch näher als damals, denn Ana ist für mich auch ein Symbol, das die Tragik von zigtausend Menschen verkörpert, die in der Unbarmherzigkeit und Gnadenlosigkeit aller Kriege immer die Opfer werden; sie stehen – für die jeweiligen Sieger – immer auf der falschen Seite, obwohl sie genau genommen keiner Seite der Kriegsparteien angehören, einfach nur leben möchten, dieses scheinbar so simple Urrecht, das jedem Menschen zuzugestehen ist, wahrnehmen möchten. Aber vielleicht werden sie gerade deshalb zwischen den Mühlsteinen von Gewalt und Hass, die nicht unterscheiden zwischen Schuld und Unschuld, Recht und Unrecht, zerrieben.

Aber zurück zu meiner Reise nach Berlin :

Der Zug war bis auf den letzten Platz mit Landsern überfüllt, die unförmiges Gepäck mit sich herumschleppten, das nicht nur die Gepäcknetze, sondern auch die Gänge und Abteile verstopfte, dazu herrschte ein unerträglicher Gestank von Schweiß, Schnaps und Tabakrauch. Seltsam, fast schon rührend, wie durch die Heeresführung versucht wurde, einen Hauch von absurder Normalität, soweit es sie in Kriegszeiten überhaupt gibt, aufrecht zu erhalten, indem man den Landsern Urlaub bewilligte, obwohl es kein Geheimnis war, wie es um die bröckelnde Front stand und eigentlich jeder einzelne Soldat dort dringend benötigt wurde. Nun, offenbar war die Lage noch nicht so ernst, wie sie dargestellt wurde. Oder sollte auf diese Weise nur etwas für die schwindende ›Moral der Truppe‹ getan werden? Vermutlich.

Nun ja, die acht Stunden Fahrzeit würde ich schon durchhalten und machte es mir in einer Nische in der Nähe eines Ausgangs, der beim Öffnen der Tür gelegentlich für Frischluft sorgte, so gut es ging, bequem. Bald war ich entschlummert, meine umgeschnallte Aktentasche mit der Kurierpost fest unter den Arm geklemmt. Ich muss Stunden geschlafen haben, als im trüben Morgenlicht der Zug auf einem Bahnhof einlief, dessen Stationsschild auf die Nähe meines Reiseziels hinwies.

Vom ›Schlesischen Bahnhof‹ in der Reichshauptstadt bewegte ich mich geradezu tastend wie ein Blinder durch die Trümmerwüste Berlins, die sich bei Tageslicht als noch viel trostloser herausstellte als in der Nacht, die das grauenvolle Ausmaß der Zerstörungen mit ihrer Dunkelheit gnädig verhüllt hatte. Taxis gab es ebenso wenig wie Verkehrspolizisten, ich orientierte mich am Stadtplan und den zum größten Teil erhaltenen Straßenschildern, bis zur Prinz-Albrecht-Strasse. Dr. Höfler, den Beamten, dem meine Ankunft telefonisch angekündigt war und der mich von der Kurierpost befreite, fragte ich beiläufig nach einer Verkehrsverbindung in Richtung Westen. Er überlegte einen Augenblick, blätterte in Papieren, die sich weiträumig über seinen Schreibtisch verteilten, und zog aus dem Wust zielsicher einen Zettel hervor:
»Sie haben Glück, in e i n e r Stunde geht vom Flughafen

Tempelhof eine Maschine an die Westfront und nimmt bei einer Zwischenlandung – er nannte einen Ort, nicht sehr weit von Moorvörden gelegen – noch eine Person auf, für die Sie dann den Platz freimachen und aussteigen müssen. Sie müssen sich aber beeilen.« Das schien reibungslos zu gehen. Nach Formalitäten fragte er nicht weiter: »Sie haben eine Flugberechtigung? Na ja, nicht meine Sache, immerhin schickt Sie ja Prock-Ohlendorf, das ist für mich Legitimation genug. Hier ist die Flugzuweisung«. Eigentlich hätte ich jetzt bekennen müssen, dass mein Auftrag beendet war; ich tat es nicht.

In der vollbesetzten Maschine klemmte ich mich in eine Ecke und war froh, dass ich nach etwa einer Stunde Flug ohne Kontrolle durch das dreiköpfige Flugpersonal und ohne Belästigung durch feindliche Flugzeuge, die schon längst die Kontrolle über den deutschen Luftraum übernommen hatten, die ›Sardinenbüchse‹ der JU 52 verlassen konnte.

Da stand ich nun. Ein Weiterkommen hatte ich mir leichter vorgestellt. Denn der kleine Flugplatz lag weit außerhalb einer Stadt, einem Dorf oder sonstigen menschlichen Behausung.

Um es kurz zu machen: Ich hatte Glück. An der Landstrasse konnte ich einen Tierarzt anhalten, der eilig zu einer kalbenden Kuh gerufen worden war und nicht schlecht staunte, hier in der ›Wildnis‹ um diese Zeit einen Fußgänger anzutreffen. Als sich eine Stunde später unsere Wege trennten, waren es noch knapp zwölf Kilometer bis nach Moorvörden. Kein Problem für einen Marscherprobten. Am nächsten Abend um 18 Uhr sollte ich allerdings in Posen zurück sein. Wie ich das schaffen könnte, bereitete mir nun doch einiges Kopfzerbrechen. Aber ich verdrängte alle Bedenken angesichts meines Zieles, dessen Verwirklichung mir nun unmittelbar vor Augen stand. Die Dunkelheit war mir recht, so konnte ich auf besondere Vorsicht verzichten und den Rand der Landstrasse benutzen, der im Bedarfsfall ein sofortiges Abtauchen in den Strassengraben ermöglicht hätte; die Gegend – Felder bis zum Horizont, Wiesen, Zäune, kleine Bachläufe und Weiden in den Knicks – kannte ich wie meine Hosentasche; hier hatten unsere Ernteeinsätze und Geländespiele stattgefunden, sodass die Orientierung nicht schwer fiel.

Die zwölf Kilometer nach Moorvörden schaffte ich in gut zwei Stunden. Es muss gegen sechs Uhr in der Früh gewesen sein, als die unscharfe Silhouette der noch schlafenden Stadt vor mir aus dem nebligen Dunst der Wiesen nach und nach auftauchte.

Mein Bestreben konnte jetzt nur sein, so schnell wie möglich, zum Gärtnerhaus zu gelangen, das am anderen Ende der Stadt lag. Ich mied vorsorglich die Strassen und bewegte mich durch die Gärten und Heckenwege von hinten an das Grundstück. Da lag es, das Gärtnerhaus, wie eh und je. Mir klopfte das Herz bis zum Hals, als ich mich an einem der Fenster bemerkbar machte, das vom Landhaus her nicht eingesehen werden konnte. Nichts rührte sich. Ich schlich, ohne Erfolg, zu einem anderen Fenster, versuchte sodann die Tür zu öffnen, durch die mich Paulinchen bei meinem letzten Besuch eingelassen hatte, sie war verschlossen. Alles vergeblich. Ich war mir nun sicher: Das Haus war leer, unbewohnt.

Wo könnte ich etwas Näheres erfahren? Im Landhaus, von Frau Krummbiegel? Wohl besser nicht. Dann eher von meinem Vater, auch wenn er bei unserem letzten Zusammentreffen mit brauchbaren Auskünften mehr als zurückhaltend gewesen war.

Bis zu unserem Haus hinüber waren es nur wenige Schritte, aber entscheidende für mein weiteres Leben.

Ich hatte die Strasse bereits überquert, um durch das Gartentor und den Vorgarten zu gehen, als aus der Nebenstrasse ein Kübelwagen, dieser Volkswagen des Militärs, einbog, der unmittelbar darauf neben mir hielt. Zwei Soldaten stiegen aus und kamen auf mich zu. Während einer von beiden sich mit seiner Maschinenpistole im Anschlag im Hintergrund aufbaute, sprach mich der andere an: »Ihre Ausweispapiere, bitte.« Auf meinen Hinweis, ich sei kein Militär, kein Soldat, sondern Angehöriger der Hitler-

Jugend, wie er an der Uniform sehe, winkte er ab, das werde sich herausstellen.

»Wie kommen Sie hier her, ich sehe Ihr Einsatzort ist Posen?«

»Ich bin in einem geheimen Auftrag unterwegs, über den ich Ihnen nichts sagen kann«, phantasierte ich.

Er musterte mich mißtrauisch und schien zu überlegen: »Geheimer Auftrag? Haben Sie eine schriftliche Legitimation? »Meine Antwort wartete er nicht ab. »Ach was, das soll Ihre Organisation klären und mit Ihnen abmachen, wir bringen Sie hin. Folgen Sie mir!«

Meinen Protest ließ er nicht gelten.

Nun ja, ich kann das Ganze abkürzen, weil Sie es sich auch ohne meine ausführliche Schilderung ausmalen können, was kam: Im ›Braunen Haus‹, der Parteizentrale, kannte man mich natürlich und war sehr verwundert, mich in Moorvörden zu sehen. Aber wer saß mir gegenüber? Zu meiner nicht geringen Verwunderung: Benno Brinkholte, Fähnleinführer seines Zeichens und derzeit mit der ›Wahrnehmung der Geschäfte des HJ-Standorts‹ betraut, wie es an der Tür zu seinem Dienstzimmer zu lesen war.

Er fühlte sich dem Ranghöheren gegenüber in seiner Haut offensichtlich nicht wohl. Er tat so, als kenne er mich nur flüchtig, so von Ferne. Dabei wird er unsere gemeinsame Schwärmerei für Paulinchen bestimmt nicht vergessen haben. Ob ich ihn nach Paulinchen und ihren gemeinsamen Jazznachmittagen fragen sollte, um seiner Erinnerung aufzuhelfen? Wohl kein guter Einfall. Das hätte vermutlich seine Unsicherheit verstärkt, falls er davon ausging, dass ich in meiner Lage seine Bekanntschaft mit Paulinchen ausnützen könnte. Aber warum sollte ich? Denn wir saßen schließlich beide im selben Boot, was die seitens der Partei unerwünschte Beziehung zu Paulinchen betraf. Trotzdem hätte ich ihn gern gefragt, ob ihm der jetzige Aufenthalt von Paulinchen bekannt sei. Ich unterließ es, weil ich den Eindruck hatte, er wollte nichts Persönliches ansprechen, vielmehr den Fall möglichst schnell geschäftsmäßig abwickeln und hinter sich bringen.

Ob ich Urlaub hätte, wollte er wissen. Ich schüttelte den Kopf. Es hatte keinen Sinn, mir noch eine Geschichte auszudenken, und so beschloss ich, die Karten auf den Tisch zu legen, fast alle jedenfalls: Dass ich als Kurier von Posen nach Berlin geschickt und diese Gelegenheit von mir benutzt worden sei, mal eben einen ›Abstecher‹ zu meinem alten Vater zu machen, von dem ich seit vielen Wochen kein Lebenszeichen mehr erhalten hätte. Dummerweise sei ich der Militärstreife unmittelbar vor meinem Elternhaus in die Hände gelaufen ...

»Mensch, Kreutzer«, Benno Brinkholte lehnte sich weit in seinem Bürostuhl zurück, als wolle er die Distanz zu mir und meinem Verhalten auch nach außen betonen, und machte ein bedenkliches Gesicht: »Du weißt, Kreutzer, was das bedeutet, was Du mir gerade gebeichtet hast: Fahnenflucht, Befehlsverweigerung, eigenmächtige Abweichung von der Erfüllung des Auftrags, und so weiter und so fort ... Daraus kann man Dir einen dicken Strick drehen! Ich brauche Dir das nicht im einzelnen zu erklären, das weißt Du auch oder als ›höhere Charge‹ der Hitler-Jugend sogar noch besser als ich!«

Ich nickte und erklärte, die Folgen meines Fehlverhaltens auf mich nehmen zu wollen.

»Sehr ehrenhaft von Dir, aber es bleibt Dir ja auch nichts anderes übrig, so klar, wie die Dinge liegen.« Brinkholte rieb sich die Stirn, als könne er dort eine Eingebung hervorzaubern, wie er mit mir nun weiter verfahren sollte; die Angelegenheit war ihm sichtlich unangenehm.

»Wir behalten Dich zunächst einmal hier, sicherheitshalber«, entschied er zögernd nach einer längeren Pause, »das musst Du verstehen, ich bin nur ein kleines Rädchen mit beschränkten Befugnissen und muss die Sache weiter melden, Du bist schließlich nicht irgendein kleiner Pimpf. Die Gebietsleitung mag darüber befinden, was mit Dir geschehen soll.«

»Und wenn Du mich einfach laufen lässt, als wüsstest Du von nichts, und ich begebe mich dann sofort mit dem nächsten Zug zurück nach Posen?«, suchte ich noch nach einem Ausweg, was ich mir allerdings hätte ersparen können. Denn Brinkholte winkte ab, ohne eine Antwort zu geben. – Ich will ihm zugute halten, dass er in seiner Lage gar nicht anders handeln konnte und seine ablehnende Haltung deshalb wohl nicht darauf beruhte, dass wir damals bei Paulinchen miteinander in Konkurrenz getreten waren, sie mir den Vorzug gegeben hatte und er nun die Gelegenheit hätte wahrnehmen können, sein Mütchen an mir zu kühlen. Nein, so einen Eindruck machte er nicht, nicht einmal einen Anflug von Schadenfreude habe ich bei ihm bemerkt; vielleicht war es ihm heute nach allem, was geschehen war, sogar ganz lieb, dass es damals zwischen ihm und Paulinchen bei der gemeinsamen Vorliebe für Jazz a la Benny Goodman geblieben war ...

»Mir wäre es lieb, wenn der Gebietsführer Wolfing sich persönlich der Sache annehmen könnte und die Ermittlungen führen würde«, versuchte ich mit diesem ebenso überflüssigen wie verunglückten Hinweis noch etwas Eindruck zu machen. Brinkholte hörte nur halb hin, lächelte nur erleichtert, weil er eine für ihn unangreifbare Lösung der peinlichen Situation gefunden zu haben glaubte, indem er den ›Schwarzen Peter‹ an die höhere Instanz weiter schob: »Auch darüber habe ich nicht zu entscheiden, wer die Ermittlungen führt.- Wer ist das überhaupt: Wolfing?«

Aber mir wurde jetzt klar: Mein eigenmächtiger Ausflug nach Moorvörden werde mir schlecht bekommen. Vermutlich werde man eine ›Staatsaktion‹ davon machen, wenn sich die Gebietsleitung einschaltete.

Brinkholte glaubte es nicht verantworten zu können, mich bis zur Entscheidung der Gebietsleitung bei meinem Vater wohnen zu lassen; mein Ehrenwort, Moorvörden nicht zu verlassen, zählte ihm wohl nicht als ausreichende Sicherheit. So saß ich nun ohne richterliche Anordnung, was nicht nur in jener Endphase des Dritten Reiches möglich war, im ›Bau‹ in Einzelhaft, wenig komfortabel, auch wenn mir alle möglichen Freiheiten eingeräumt wurden.

Bislang kannte ich den ›Knast‹ nur von aussen, jenes abweisende Gebäude aus roten Klinkern mit bedrohlich aufragenden, vergitterten Fenstern und stacheldrahtbewehrten düsteren Mauern, die ich nie ohne leichte Gruselschauer betrachtet und bislang immer nur mit Schwerkriminellen und Staatsfeinden in Verbindung gebracht hatte. Jetzt war ich einer von ihnen und grübelte darüber nach, welcher von beiden Gruppen ich mich zuordnen sollte. Trübe Gedanken! – Da war auch das hoffnungsvolle zarte Aprilgrün der Birke, die der fächelnde Wind leise vor dem schmalen Zellenfenster hin – und her bewegte, kein wirklicher Trost.

Nach mehreren Tagen – so lange wollte man mir wohl Zeit geben, über meine ›Sünden‹ nachzudenken – kam ein ›hohes Tier‹, meiner Erinnerung nach ein Unterbannführer, aus Oberneustadt in Begleitung eines Hitlerjungen zur Protokollführung angereist, um mich zu vernehmen, immer wieder. Er schien der Sache in der Tat größere Bedeutung beizumessen und ließ auch bald die Katze aus dem Sack. Der Ermittler, dessen Namen ich im Gegensatz zu seinen rüden Vernehmungsmethoden vergessen habe, hielt mir vor, an einem Komplott beteiligt zu sein:
,Die Kurierfahrt von Posen nach Berlin sei nur ein Vorwand gewesen. In Wahrheit habe mein Auftrag gelautet, weiter nach Holland zu fahren, um dort mit den Briten Kontakt aufzunehmen und ihnen wichtiges Material über die Kriegführung im Osten zuzuspielen. Das habe nun durch meine Festnahme verhindert werden können. Zur Tarnung habe mir Prock-Ohlendorf auch nur eine Reisegenehmigung bis Berlin erteilt. So erkläre sich jetzt meine ungenehmigte Reise hier nach Moorvörden, wo von mir, um Verdacht zu vermeiden, Zwischenaufenthalt genommen werden sollte.- Mein Verhalten sei Hochverrat und glücklicherweise noch rechtzeitig aufgedeckt worden, weil mein Paket in Berlin in die falschen oder besser gesagt: richtigen Hände geraten sei. Prock-Ohlendorf sei bei der Verschwörung mit von der Partie, vermutlich sogar einer der Rädelsführer, was noch aufgeklärt werde. Er habe

bereits ein Teil-Geständnis abgelegt, sei seines Amtes enthoben und verhaftet worden.‹

An dieser Stelle seiner Ausführungen sah mich der Ermittler besonders scharf und forschend an, bevor er fortfuhr: ›Daher sei es für mich sinnlos zu leugnen, ein Geständnis könne meine Lage nur verbessern, zumal in der Kurierpost genügend belastendes Material gefunden worden sei. Welche Strafe ich bei Hochverrat zu erwarten hätte, brauche mir nicht näher erläutert zu werden. Wenn ich also meinen Kopf noch aus der Schlinge ziehen wolle, solle ich gefälligst auspacken.‹

Und dann fügte der Unterbannführer mit drohendem Unterton hinzu: »Doch! Wir bekommen alle Verräter, Euch auch, Ihr habt wohl vergessen, dass wir alle Überwachungen seit dem 20. Juli 44, jenem misslungenen Attentat auf unseren Führer, stark verschärft haben.- Und ganz nebenbei und unter uns, Kreutzer, Du warst immer einer von unseren Zuverlässigen, auf die man zählen konnte. Wie die Dinge liegen, bist Du jetzt für unsere Bewegung eine große Enttäuschung ... Zählst Du etwa auch schon zu den Ratten, die das noch lange nicht sinkende Schiff verlassen wollen?!«

Der Hitlerjunge fragte, ob er ›das mit den Ratten‹ und ›dem nicht sinkenden Schiff‹ auch protokollieren solle, was ihm einen strafenden Blick seines Vorgesetzten eintrug.

Ich war zunächst einmal sprachlos, da ich mit einem derartigen Vorwurf – Hochverrat – am wenigsten gerechnet hatte, und konnte nur erwidern, das Ganze sei ein Missverständnis, vermutlich sogar eine abgeschmackte Sache, weil man mir nur etwas anhängen wolle, aus welchen Gründen auch immer. Meine Kurierpost habe lediglich die Listen der noch für den Kampf einsatzfähigen Jugendlichen aus Posen und Umgebung enthalten, weiter nichts. Man habe doch auch überhaupt keine Beweise, weil es keine gäbe. Und dann versuchte ich das ganze Gebäude argumentativ zum Einsturz zu bringen mit einem einzigen Satz: »Welches Material hätte ich denn wohl den Engländern in Holland übergeben sollen, wenn von mir bekanntlich die gesamte Kurierpost bereits in Berlin abgeliefert worden ist, was die SS ja längst überprüft hat.«

Der Unterbannführer begann zu stottern und verwies darauf, dass man Hinweise auf den Verbleib von restlichem Material durchaus gefunden und im übrigen auch Zeugen für die Verschwörung habe.

»Die Zeugen möchte ich sehen, ich lege wert auf eine Gegenüberstellung«, bekam ich Oberwasser. Auch wenn ich nicht wusste, welche Schriftstücke der Kurierpost noch von Prock-Ohlendorf beigefügt worden waren – mit gefährlichem Material hätte er mich bestimmt nicht auf die Reise geschickt –, hatte ich jetzt den Eindruck, dass mein Gegenüber bluffte, mit dieser Methode der Überrumpelung und Einschüchterung nur versuchte, etwas herauszufinden, sowohl was die Zeugen als auch das angebliche Geständnis von Prock-Ohlendorf anging. Ich kannte diese Tricks und nahm mir vor, wachsam und standhaft zu bleiben. Da der Name Paulinchens in der Vernehmung zu keinem Zeitpunkt gefallen war, konnte ich davon ausgehen, dass das wahre Motiv meiner Reise im Verborgenen geblieben war, sodass ich mich zunehmend sicherer fühlte und meine Geschichte für hieb – und stichfest halten konnte.

Ich hatte den Kurierweg verlängert, nun ja, und die Gelegenheit benutzt, um meinen Vater zu besuchen, so sagte ich. An dieser Strategie meiner Verteidigung hielt ich fest, sie schien mir unwiderlegbar. Was man mir zur Last legen konnte, war zwar in den Augen der Führung ein Vergehen, das ich auch einräumte, aber ein weniger Belastendes, weil es – nach meiner Aussage – von kindlicher Sorge und Fürsorge für meinen alten Vater bestimmt war; dieser Beweggrund war bis zu einem gewissen Grade entschuldbar und konnte mir zumindest den Kopf retten.

Alles andere war mir, soweit ich sah, nicht zu beweisen.

Aber man ließ mich lange schmoren – in Ungewissheit und Untätigkeit.

Es war ja doch einiges durchgesickert, so etwa, dass in dieser zunehmend aufgeregten Zeit Leute einfach ›Auf Nimmerwiedersehen‹ verschwanden oder ohne ein gerichtliches Verfahren liquidiert wurden. Ich machte mir da nichts vor und je mehr Zeit verstrich, desto größer wurden meine Zweifel, ob ich meine Zelle jemals lebend würde verlassen können. Denn ein unzuverlässiger Führer der Hitler-Jugend, der im Verdacht steht, Hochverrat begangen zu haben, hätte, wenn es sich herumspricht, verheerend auf die ›Moral der Truppe‹ wirken können; um das zu vermeiden, durfte es kein Aufsehen geben, der Übeltäter, also ich, musste unauffällig zum Schweigen gebracht werden. Diese Konsequenzen wurden mir deutlicher, je länger ich die kalkweissen Wände und rostigen Gitterstäbe meiner Zelle anstarrte.

Aber nach etlichen Wochen – inzwischen hatte sich, wie ich von meinen Bewachern erfuhr, die Ostfront weit über Posen hinaus ins Reich vorgeschoben, die Russen standen schon an der Oder und bereiteten den Angriff auf Berlin vor – wurde ich ebenso überraschend wie plötzlich, angeblich auf Intervention von ›ganz oben‹, ohne nähere Begründung entlassen, gerade noch rechtzeitig, um das große ›Halali‹, das Jagdsignal zum dramatischen Abgesang des Dritten Reiches, nicht zu überhören und seinen Untergang hautnah aus nächster Nähe mit zu erleben. Meine Entlassung war mit der strikten Weisung verbunden worden, mich auf direktem Wege bei der Panzerzerstöreinheit ›Hitler-Jugend‹ südwestlich von Berlin zu melden, da sich mein Auftrag in Posen ja erledigt habe.

Brinkholte händigte mir das kurze Entlassungsschreiben aus; er zog die Augenbrauen hoch, holte tief Luft: »Du musst einen Gönner haben, Kreutzer, so ein Schwein wie Du haben nicht viele.« Und mit dem Daumen wies er rückwärts über seine Schulter auf eine niedrige Mauer, deren an vielen Stellen abgeplatzter Putz Zeugnis von zahllosen Einschüssen ablegte.

Großzügig gewährte man mir noch einen Abschiedsabend bei meinem Vater, worüber ich Ihnen schon in anderem Zusammenhang berichtet habe. Mein Vater hat die wenigen Stunden unseres Zusammenseins genutzt, über meine Mutter zu berichten, was er mir bislang verschwiegen hatte. Aus guten Gründen, wie ich meine. Er konnte sich von der traurigen Thematik, der Trennung von seiner Frau, nicht mehr lösen. Seine Gedanken drehten sich nur noch um diesen Verlust, seine Interessen für die Umwelt schienen zu diesem Zeitpunkt völlig erloschen zu sein.

Meine Frage nach Paulinchen beantwortete er mit einem erstaunten Blick, als habe er nicht verstanden, und leitete sofort wieder über zu den Gedanken, die ihn vollständig beherrschten. Beim Abschied fragte ich ihn noch einmal laut und eindringlich nach Paulinchen und seinem Freund Goldschmidt; ich packte ihn sogar bei beiden Armen und hielt ihn fest, damit er mir nicht ausweichen konnte. Er überlegte lange, während sein abwesender Blick aus dem Fenster hinaus in die noch winterlich verhangene Landschaft ging, als sei er nicht mehr von dieser Welt. Seine Hand wies in eine imaginäre Ferne: »Das Menetekel steht mit blutigem Finger an die Wand geschrieben: Wir wurden gewogen und sind zu leicht befunden, wir alle entgehen nicht dem Strafgericht, wir müssen gehen, v e r -gehen, Mutter und wir beide. Aber trotz allem, mein Junge, pass, solange es geht, auf Dich auf, wir haben nur noch uns beide auf dieser aus den Fugen geratenen Welt.«

$\mathfrak{D}$ie einstmals so schmucke Division ›Hitlerjugend‹, jetzt geführt von einem invaliden einarmigen Major, bestand nur noch aus einem kläglichen Haufen von etwa tausend schlecht ausgebildeten und noch schlechter ausgerüsteten 15-16-jährigen --- Kindern. Die Truppe war in erbärmlichem Zustand, als ich sie nach umständlicher Anreise gegen Ende April 45 südwestlich von Berlin antraf; ohne ausreichende Nahrung und Ausrüstung kampierte sie, frierend und übermüdet, in schnell ausgehobenen, notdürftig mit Zeltplanen abgedeckten feuchten Schützengräben. Der Major musterte mich von Kopf bis Fuß und knurrte: »Wat biste? Jungstammführer? Nur jrosse Propagandareden geschwungen, wa? Det hat mir jrade noch jefehlt! Wieso biste in Deim Alter nich inne SS? Een erfahrener Obergefreiter wäre mir jetzt aber lieber jewesen, janz ehrlich. Kampferprobt siehste nämlich nich gerade aus, na, wenigstens biste keen Milchgesicht mehr.«

Er drückte mir eine ›Knarre‹, deren Bedienung er mir kurz erläuterte, in die Hand und wies mit seinem verbliebenen Arm durch die Schießscharte seines Bunkers in einiger Entfernung auf eine Baumgruppe: »Dort liegen etwa fuffzig Mann, oder Männekens, ohne Führung, den Zug übernimmste ab sofort, abtreten.«

Sein harscher Befehl erstickte in mir jeden Protest wie auch die an sich berechtigte Frage, was ich denn mit den ›Männekens‹ überhaupt anstellen sollte. Aber das wusste der alte Haudegen wohl selbst nicht. Also lagerten wir untätig am Ufer eines stillen Armes der Spree und erwarteten stündlich den Angriff des Russen, dem wir ernsthaften Widerstand kaum würden entgegensetzen können ...

Der verzagte, zum Teil aber noch fanatisierte Haufen der ehemaligen Division war nicht mehr in der Lage, die von der Heeresleitung befohlene Verteidigungslinie aufzubauen, um von hier aus den Vorstoß der Entlastungsarmee Wenck abzuwarten, der nie erfolgte. Da sich die Einheit nicht von der Stelle rühren durfte, war sie schnell vom Russen eingekesselt, sodass der verständige kommandierende General die Sinnlosigkeit des weiteren Kampfes einsah und die Waffen strecken ließ. Ich hatte keinen Schuss abgegeben.

Nach dem, was man von den Russen gehört hatte, hätten allerdings viele von uns lieber gekämpft ›bis zum Umfallen‹ oder ›bis zur letzten Patrone‹, als in russische Gefangenschaft zu gehen, aus der es nach dem, was man hörte, nur selten ein Überleben und noch seltener ein Entkommen gab. Aber wir konnten es uns nicht aussuchen. Zum ›Ami‹, der mit seinen Truppenverbänden an der Elbe stehen geblieben war, wäre es einfach zu weit gewesen ...

Niedergeschlagen hockten wir Gefangenen zu Tausenden unter freiem Himmel auf feuchten, verschlammten Sammelplätzen, entmutigt und voller Ängste einem ungewissen Schicksal entgegendämmernd.

Jenseits des Stacheldrahts, da blühten am Waldrand schon die Blumen des Frühlings: Narzissen, Glockenblumen, Märzbecher und Himmelschlüssel, die Lärchen und Buchen waren mit einem kräftigen grünen Schimmer überzogen. Die Kraft der Natur begann sich wie in jedem Jahr mit überlegener Selbstverständlichkeit durchzusetzen. Sie folgt ihren eigenen Gesetzen, schert sich nicht darum, was Menschen tun, sich antun. In jedem Frühling entfaltet sie die Pracht ihrer Farben neu. Auf einem maroden Fabrikschornstein baute ein Storch in Erwartung der Ankunft seiner Partnerin sein Nest und ließ sich von dem, was zu seinen Füßen vorging, nicht beirren.

Die Boten des Frühlings hätten uns Hoffnung und Gewissheit geben können, dass das Leben, trotz allem, was geschehen ist und geschieht, weiter gehen wird; aber die meisten von uns sahen die aufblühende Natur, das aufs Neue entstehende Leben nicht; in Apathie waren sie verfallen, in eine totenähnliche Starre, aus der es für sie kein Erwachen zu geben schien.

In langen, schier endlosen Märschen, später in vollgepropften, stinkenden Güterzügen ging es wochenlang – oder waren es Monate? – immer weiter nach Osten, nach Workuta, in die kilometerlangen Schächte der Steinkohlenflöze. Workuta – noch heute überläuft jeden, der jene Hölle jenseits des Polarkreises überlebt hat, ein Schauder über den Rücken, wenn er den Namen hört. Über das Leben und die Bedingungen, die ein Überleben kaum ermöglichten, ist viel gesagt und geschrieben worden, sodass ich es mir hier erspare, zumal es nicht zum eigentlichen Thema gehört und ich Ihre Geduld schon auf das Äußerste in Anspruch genommen habe.

Ich habe vieles aus jener Zeit bewusst verdrängt, aus meiner Erinnerung gelöscht, weiß nur noch so viel: Die abscheulichen Begleitumstände dieser Existenz in verlausten Baracken und stickigen staubigen Schächten unter Tage bei äußerst mangelhafter Ernährung sind unbeschreiblich; sie legen das Leben bloß, bis auf den Grund; jede Illusion über das menschliche Dasein geht hier verloren; Reste von Selbstachtung und Moral sind verschüttet, Kameradschaft, Solidarität, Hilfsbereitschaft werden zu Fremdworten und gehören nach und nach auch nicht mehr zum Sprachschatz eines jeden; die Teilnahme am Leben – nach den zwölf Stunden täglich im Schacht – reduziert sich auf ... Nahrung, Nahrung und nochmals Nahrung und schlafen, schlafen so lange es geht und die Aufseher, diese erbarmungslosen Antreiber, es gestatten.

Meine Existenz wurde zeitlos, die Tage, die Wochen, die Monate, sie flossen in einander wie ein Tag und eine Nacht. Ein Fünkchen Hoffnung, schwach wie das Talglicht, das gegen die Dunkelheit in den Baracken ankämpft, glimmte eine Zeitlang noch von Tag zu Tag weiter, wurde aber schwächer und schwächer: Eines Tage werde sich das Dunkel lichten und man werde zurückfinden zu den Tagen, die sich nach dem Kalender benennen ließen ... Bis dahin war es eine einzige nie enden wollende Nacht – Workuta, die schwarze Hölle in der Eiswüste jenseits des Polarkreises.

Nur eines sollte ich noch erwähnen: Während ich mir an einem Abend vor meiner Baracke in sternklarer eisiger Winternacht die Beine vertrat und ein knochenhartes Stückchen Brot, das ich mir aufbewahrt hatte, abseits der neidischen Blicke der Mitgefangenen gegen den ständig wühlenden Hunger langsam im Mund aufweichte und fast genießerisch auf der Zunge zergehen ließ, legte sich plötzlich eine Hand auf meine Schulter:
»Mann, Kreutzer, wo kommst Du denn her? Dich hätte ich hier ja nun bestimmt nicht erwartet.«
Als ich mich umdrehte, erkannte ich ihn wegen seiner Vermummung und der stoppeligen, tiefen Furchen im schrundigen Gesicht nicht sogleich. Aber die Stimme war unverändert: Wolfing. Ansonsten war von dem schneidigen, eleganten HJ-Führer nichts übriggeblieben, nicht einmal die Fassade bemühte er sich hier aufrecht zu erhalten.
»Hier nicht erwartet? Wen hättest Du denn erwartet?«
Ich duzte ihn einfach, hier gab es keine Rangordnung mehr, keine Über – und Unterordnung, alles war ausgelöscht, es zählte nur noch der einfache Rabotnik, der Kuli, der – herabgesunken auf die unterste Stufe menschlicher Existenz – nur noch dahinvegetierte und um sein nacktes Leben kämpfte, sofern man noch von ›Kampf‹ sprechen konnte.
»Hast ›ne Kippe?« Ich schüttelte den Kopf: »Nichtraucher.« Er wollte sich schon abwenden, als er noch einmal zurückkam: »Ich bin hier übrigens Obergefreiter Maschke aus dem Kuhdorf Knele in Brandenburg: Keen Mensch weess, wer ick bin, vastehste, wa?- Gut mein Berlinisch, nicht?!« Welchen Rang ich hatte und dass ich

bei einem Einsatzkommando bei den Säuberungen in Lublin dabei war, weißt nur Du.«

Ich sah ihn erstaunt an, das letztere war mir nicht bekannt gewesen.

»Also Kreutzer, ich verlasse mich auf Dich, Du wirst meine Identität nicht verraten, alte Kameraden halten zusammen, das schuldest Du mir. Immerhin habe ich Dich vor Schlimmeren bewahrt, Du weißt noch, damals, als Du Dich für die Judenfamilie eingesetzt hast ... Da habe ich schützend meine Hand über Dich gehalten. Aber mich hat man zunächst im Dienstrang befördert und dann ›zur Strafe‹ – so nenne ich es – nach Weißrussland abkommandiert: Zuckerbrot und Peitsche! Du erinnerst Dich vielleicht, dass mir damals die Leute von der SS auf den Fersen waren, um sich meinen Posten einzuverleiben; da kam ihnen das Gespräch zwischen uns beiden, das sie mit Hilfe meiner Telefonistin – und ich Esel habe nichts gemerkt! – abgehört haben, gerade recht; na ja, alles Schnee von gestern – den von heute haben wir hier allerdings überreichlich.«

Vor Schlimmeren bewahrt? Gibt es auf Erden Schlimmeres als diese Hölle, die schwarze Hölle von Workuta? Wäre es nicht besser gewesen, man hätte mich damals standrechtlich erschossen oder ich wäre in den letzten Kämpfen um Berlin den Heldentod gestorben? Dann wäre mir dies alles erspart geblieben. – Sollte ich mich jetzt bei ihm auch noch bedanken?

Wolfing hauchte bizarre Figuren in die eisige Luft und schien auf meine Erwiderung zu warten; aber ich schwieg.

»Also, Kamerad Kreutzer, halt die Klappe. Aber sag' noch: Was ist nur aus uns geworden, den Bannerträgern einer grossen Zukunft, den Propheten einer neuen Religion?!« Höhnisch und bitter klang sein Lachen: »Haben sie uns nicht ausgenutzt, schändlich betrogen?? Den Himmel auf Erden hatten sie uns doch versprochen, ich dachte, der sieht anders aus als das hier ...« Und mit einer ausgreifenden Handbewegung wies er auf die schäbigen, eisverkrus-

127

teten Baracken, aus denen dünne, sich kräuselnde Rauchfähnchen aufstiegen, als krümmten auch sie sich vor der grimmen Kälte, und jenseits der Wachttürme auf die weiten endlosen Schneefelder ringsum, die in ihrer Eintönigkeit nichts boten, woran sich das Auge hätte festmachen und wohltuend verweilen können.

Hatte ich richtig verstanden? Wen meinte er mit ›sie‹? Ich war irritiert. Wer waren die anderen, die er meinte? Hatten wir nicht beide dazugehört?

Als ich Wolfing fragen wollte, hatte ihn die Dunkelheit schon wieder verschluckt, das heißt, sein kleiner werdender dunkler Schatten stand im Mondlicht noch eine Weile auf der glitzernden Schneefläche, von den zuckenden Lichtern der Scheinwerfer auf den Wachttürmen immer wieder sekundenlang begleitet.

Im Gegensatz zu Prock-Ohlendorf – Sie erinnern sich? -, dessen spät erwachte Gewissensbisse ihn kurz vor Kriegsende in den Selbstmord trieben, war Wolfing übrigens geschickter: Er hat sich alsbald dem ›Komitee Freies Deutschland‹ angeschlossen, wurde kurz darauf in die sowjetische Besatzungszone entlassen und hat dort bis hinauf in die Volkskammer der DDR Karriere gemacht. Ja, tüchtig war er, das kann ihm niemand absprechen; er war einer von denen, die immer wieder auf die Füße fallen und denen es gelingt, ohne Skrupel jedem Regime zu dienen. Wie hatte Paulinchen doch noch ihren Vater zitiert: ›Die Schurken sind im praktischen Leben tüchtiger und überlegen, weil ihnen die Mittel, die sie benutzen, völlig gleichgültig sind‹. – Wolfing gehörte wohl irgendwie dazu, auch wenn er vorgab, der treue Kamerad und joviale Kumpel zu sein. – Eigentlich hätte ich ihn noch fragen wollen, woher er eigentlich von meinen Beziehungen zu Paulinchen erfahren hatte: Hatte e r uns bespitzeln lassen und wenn nicht e r – wer dann?

Aber war das alles hier zwischen Ural und Eismeer überhaupt noch wichtig? War das nicht alles aus einem früheren Leben, einem Leben, das es schon lange nicht mehr gab und wie ein Traum weit zurück lag? Aber ich gebe zu, die vage Aussicht, doch noch etwas über Paulinchens Schicksal zu erfahren, hielt mich hier aufrecht, denn alles das hatte mit einem vergangenen Leben zu tun, das mir heute zwar unwirklich, aber doch tröstlich erschien, fast wie ein Paradies, heute hier in der Eiswüste jenseits des Polarkreises. – Und waren wir uns damals, als wir in Moor und Heide unter einem weiten Sommerhimmel unsere Träume lebten, nicht ganz sicher gewesen, für einander bestimmt zu sein? Das konnte doch nicht nur eine inhaltsleere Floskel aus jugendlichem Überschwang gewesen sein?! Und wenn mich dieser Gedanke in Augenblicken der Verzweiflung hier am Ende der zivilisierten Welt aufrecht erhielt, dann ist das die Wahrheit und mag sie heute auch noch so banal klingen.

Das Schicksal war mir gnädig.

Ich erkrankte schwer und verlor binnen weniger Wochen die Hälfte meines ohnehin schon geringen Körpergewichts. Der behandelnde Arzt Dr. Flentner, auch ein Kriegsgefangener, brauchte kein Röntgengerät, er meinte, er könne auch so durch mich ›hindurchsehen‹. Nach seiner Diagnose war ich für die Volkswirtschaft der Sowjets nur noch ein überflüssiger Esser ohne jeglichen Nutzen.

Abgemagert, krank, desillusioniert und ohne Zukunft landete ich im Herbst 1946 in einem Auffanglager in Frankfurt an der Oder. Ach, lassen Sie es mich kurz machen: Ich kam nach Hause, nach Moorvörden, fand meinen Vater, der zu seiner früheren Tatkraft und seinem Lebensmut langsam zurückzufinden begann, wurde ›aufgepäppelt‹ – sofern man davon bei anfangs tausend Kalorien pro Tag reden konnte – und durfte sogar studieren ...

Nun ja, mein Übergang in die Normalität des Jahres 1946 war schwieriger, als es sich hier mit dürren Worten und in gebotener Kürze beschreiben lässt. Dazu ließe sich nämlich noch vieles aus eigenem Erleben beitragen, was für die Mehrzahl der heute Lebenden bereits Geschichte ist; aber ich will Sie nicht länger als nötig aufhalten und nur berichten, was mir zum Verständnis der damaligen Situation wichtig erscheint: Deutschland war 1945 in einen bleiernen Schlaf verfallen, es war vom Strudel in die Tiefe gerissen, aus der es kein Auftauchen mehr zu geben schien, nachdem alles, für das wir mit Überzeugung eingetreten waren, jetzt schweres Unrecht war, von dem man sich durch Verschweigen, Rausreden oder Verheimlichen trennen wollte. Wir Jungen mussten mit diesem Paradigmenwechsel, diesem abrupten Abschied von bisher allein gültigen nationalsozialistischen Grundüberzeugungen, von heute auf morgen fertig werden. Aber die Älteren halfen nicht, sie waren mit sich selbst und ihren Problemen, die nicht nur in der alles beherrschenden Sorge um die tägliche Nahrung bestanden, vollauf beschäftigt ...

Über den Verbleib von Paulinchen und ihrem Vater hatte sich ein Mantel des Schweigens gebreitet. Ebenso wie über den des Kreisleiters Oswald Krummbiegel und seiner Familie; es war, als habe es die Zeit des Dritten Reiches nie gegeben und jeder, der angesprochen wurde, versuchte, schnell das Thema zu wechseln. Opfer und Täter – sie alle wurden gleichbehandelt, fielen dem Vergessen, der Verdrängung anheim. Es war nichts herauszubekommen. Natürlich habe ich versucht, im Landhaus der Goldschmidts Nachforschungen anzustellen. Das Haus und das Gärtnerhaus waren jedoch bis obenhin mit Flüchtlingen vollgepropft, die die Namen früherer Bewohner wie Goldschmidt oder Krummbiegel noch nie gehört hatten. Die ehemalige Weinhandlung am Markt gab es nicht mehr; ein Volltreffer hatte das Gebäude in den letzten Kriegstagen bis auf die Grundmauern zerstört. Nur eine der beiden steinernen Nymphen vom Hauseingang ragte noch lange aus dem Trümmerfeld wie ein Symbol jener Zeit: Sie war kopflos!

Der Beamte in der Stadtverwaltung, den ich fragte, duckte sich und sah sich scheu nach allen Seiten um, als ich die Namen Goldschmidt und Krummbiegel nannte. Dann zog er nach einem kurzen Blick in ein Register bedauernd die Schultern hoch: »Die Namen sind mir unbekannt, sie kommen auch nicht in unseren jetzigen Einwohnerlisten vor. Die älteren Listen sind allesamt bei den Kämpfen am Kriegsende verbrannt.«

Aber ich ließ nicht locker. Jahre später erfuhr ich über das Rote Kreuz, dass Paulinchen schon bald nach meinem letzten Besuch im Gärtnerhaus in das Frauen-Konzentrationslager Ravensbrück eingeliefert worden war und vermutlich im Frühjahr 1945 an jenem berüchtigten Todesmarsch der Häftlinge in Richtung Nordwesten teilgenommen hatte, auf dem sich ihre Spuren in der Nähe von Herzberg im Havelland verlieren. Vermutlich sei sie mit vielen anderen Häftlingen umgekommen und an unbekanntem Ort verscharrt worden, so besagte die kurze Nachricht des Roten Kreuzes.

Trotzdem: Eine innere Stimme sagte mir, so könne es nicht gewesen sein, sie könne nicht tot sein: Es passt einfach nicht zu ihr, sie hatte eine so optimistische Lebenseinstellung, so viel Überlebenswillen. Und mein Gefühl hat mich nicht getrogen, wie der Anruf heute morgen gezeigt hat. Aber ich gebe zu, ich habe damals nach etlichen Jahren meine Bemühungen eingestellt und irgendwann die mitgeteilte Version über ihr Ableben für verbindlich und endgültig gehalten.

Und nun das! Wie aus einer anderen Welt klang heute morgen ihr Anruf! Alles war vorher in weiter nebelhafter Ferne – und jetzt wieder so nah! – Mancher wird mich erstaunt und ungläubig fragen, wie es möglich sei, dass ich mich nach so langer Zeit an derart viele Einzelheiten, sogar an Gespräche, erinnere; vielleicht ist es Ihnen aber auch schon mal so gegangen, dass sich bestimmte Vorgänge tief eingeprägt haben, aber erst durch ein bestimmtes Ereignis aus den Tiefen unseres Unterbewusstsein klar und deutlich wieder ans Licht gefördert werden. Was unserem Gedächtnis dauerhaft anvertraut wird, ist sicher eher zufällig und individuell unterschiedlich. Aber für die Geschehnisse der Jugendzeit ist unser Erinnerungsvermögen besonders empfänglich. Das geht wohl jedem so. Dass es damals zudem eine außergewöhnliche, im Bewusstsein der Zeitgenossen tiefe Spuren hinterlassende Zeit war, in die wir – ohne eigenes Zutun – schicksalhaft verwoben wurden, steht außer Zweifel.

𝕎issen Sie eigentlich, wie spät es inzwischen geworden ist? Die Uhr zeigt kurz vor fünf Uhr morgens, unglaublich, wie die Zeit vergangen ist. Ich muss mich bei Ihnen entschuldigen; aber sie hat mich so eingenommen, entführt, die Welt von Gestern, meine Vergangenheit ...

Ich bin mal eben vor die Tür getreten: Der Sturm, der noch am Abend durch den Hochwald brauste, Bäume wie Streichhölzer knickte und lautstark an meinen morschen Fensterläden rüttelte, dass ich mir um ihre Standfestigkeit ernsthaft Sorgen machen musste, hat sich gelegt. Ringsum hoher Schnee, alle Konturen verschwimmen wie in weißer Watte. Ich schätze mal die Schneehöhe hier oben auf mindestens einen halben Meter und frage mich, wie ich hier vom Berg herunter kommen soll – ohne Skier.- Das Beste wird sein, ich werde mich noch an Frau Roschecks Nudelauflauf gütlich tun und dann auf den langen Weg machen. Denn üblicher Weise benötige ich zum Bahnhof, der in der Nordstadt hinter einem Knick der Aare liegt, schon zwei bis zweieinhalb Stunden Fußmarsch – ohne Schnee. Schlafen könnte ich jetzt ohnehin nicht, und zu spät kommen möchte ich auf keinen Fall.- Nun, die arme Frau Roscheck wird mich heute früh sicher vermissen, falls sie sich überhaupt durch den Schnee zu mir hinauf traut. Ich werde ihr eine Nachricht hinterlassen ...

Kommen Sie mit zum Bahnhof? Oder vielleicht doch nicht?! Ich möchte nicht dafür verantwortlich sein, wenn Ihnen als Ungeübtem hier oben in den hohen Schneeverwehungen beim Abstieg

etwas zustößt. Es ist besser, ich erzähle Ihnen alles, wenn ich zu-
rückkomme. – Was hatten Sie mir nochmal geraten, wie ich mich
Paulinchen gegenüber verhalten soll? – Ich werde darüber nachdenken, Zeit habe ich ja noch genügend auf dem Weg. Machen
Sie es sich inzwischen bequem oder schlafen Sie eine Runde ...
bis später!

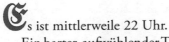s ist mittlerweile 22 Uhr.

Ein harter, aufwühlender Tag liegt hinter mir; offensichtlich hat es Frau Roscheck nicht geschafft, herauf zu kommen. Das benutzte Geschirr steht unberührt, wie ich es zurückgelassen habe.

Aber ich freue mich, dass S i e noch da sind und auf mich gewartet haben. Ob es sich für Sie gelohnt hat, müssen Sie selbst beurteilen, wenn ich Ihnen erzählt habe, was sich in den letzten Stunden noch ereignet hat:

Wie zu erwarten war, bin ich mit grossen Mühen den Berg hinabgestiegen. Leider konnte ich kein Auge auf das herrliche Naturschauspiel der aufgehenden Sonne über den schneeglänzenden Spitzen der ›Dreitausender‹ ringsum lenken, da der hohe Schnee auf den abschüssigen und glatten Passagen durch den Hochwald meine ganze Aufmerksamkeit in Anspruch nahm und auch zeitweilig dichte Nebelbänke den Blick versperrten. Am Fuße des Hochwaldes verläuft entlang der Aare die schmale Landstrasse in den Ort hinein. Bis dahin hatte ich mich vorgekämpft – es war der schwierigste Teil des Weges – , um dann über die Aare-Brücke weiter in die Stadt zu gehen. Aber meine Absicht ließ sich nicht verwirklichen: Die Brücke war gesperrt. Gewaltige Schlammmassen und Geröll aus den Bergen hatten sie unpassierbar gemacht. Nun war guter Rat teuer: Ein Schild am Brückenpfeiler wies auf die nächste Brücke zur Flussüberquerung in Stotzheim hin. Das bedeutet: Vier Kilometer flussabwärts, insgesamt also acht. Mit blieb nichts anderes übrig ...

Zu beiden Seiten der ansteigenden Strasse in Richtung Stotzheim lehnen sich an die Felswand kleine einstöckige Häuser, die auch heute nach fast sechzig Jahren noch immer zahlreiche Spuren des letzten Krieges aufweisen. Dann treten der Fels und die linke Häuserreihe zurück und machen einer schmalen Baumreihe Platz, deren vom nassen Schnee schwere Zweige sich tief zur schäumenden Aare hinabbeugen; an den Weidenbüschen entlang strudelt der Fluss in seinen schlängelnden Windungen im flotten Lauf und bespielt malerisch die hängenden Zweige, die in den frühen Wintertag hinein zu träumen scheinen.

Es ist still um diese Vormittagsstunde; nur von Stotzheim her, das ich bald erreiche, klingt im zarten Windhauch Geläut. Die sonst lebhaft befahrene Uferstrasse ist leer, die Schneefräse hat noch nicht für freie Fahrt gesorgt. So habe ich die Strasse für mich und ziehe eine einsame Spur durch den stäubenden Schnee.

Als ich die Brücke in Stotzheim überquere, zeigt die Uhr bereits 10,35 Uhr. Mir bleibt noch eine Stunde, um auf der anderen Seite flussaufwärts über die verschneite Landstrasse zurück nach Bergheim zu gelangen. Zu wenig: Ich werde Paulinchen verpassen! Ich versuche einen Bus, ein Taxi zu erreichen. Es ist wie verhext, die Strasse wie ausgestorben, weit und breit keine Telefonzelle. Ich mache mich auf den Weg, so schnell es mein Alter und die Strasse erlauben. Ich merke, wie mein Puls schneller geht, der Schweiß meinen Kragen nässt – und ich frage mich, ob Ursache die körperliche Anstrengung ist oder der bevorstehende Augenblick der Begegnung mit Paulinchen, wenn ich ihr gegenüberstehe und noch immer nicht richtig weiß, wie ich mich ihr gegenüber verhalten soll.

Es ist bereits 11.50 Uhr, als ich grübelnd, schweißnass und vor Erschöpfung keuchend den kleinen Bahnhof von Bergheim erreiche. Gähnende Leere. Keine Menschenseele weit und breit. Kein Zug, niemand auf dem Bahnsteig, der Wartesaal verschlossen. Stille. Nur das Schild, das auf dem Bahnsteig für ein einheimisches Bier Werbung macht, dreht sich knarrend bei jedem Windzug.

Als ich noch mit mir zu Rate gehe, was ich tun soll, fällt mein Blick auf einen seitlich im rechten Winkel an das alte Bahnhofsgebäude angebauten Schuppen, vor dem im Windschutz Bänke aufgestellt sind. Auf einer sitzt eine einzelne, dunkel gekleidete, in sich zusammen gekauerte Person, die mir den Rücken zudreht und mit einem Stock Figuren in den Schnee zeichnet.

Als ich durch den unüberhörbar knirschenden Schnee an sie herantrete, dreht sie sich nicht einmal um, ich höre nur eine Stimme, eine fremde, eine bekannte: »Ich wusste, Du kommst. Du bist spät dran, wie früher, Addi.«

Sie ist es, Paulinchen, nur sie kann es sein, niemand hatte mich je wieder ›Addi‹ genannt. Das Herz klopft mir bis zum Halse, eigentlich müsste sie es hören, was mir peinlich wäre. Ich setze mich neben sie, beginne eine Entschuldigung für meine Verspätung zu stammeln. Ich will sie fragen, ob sie eine gute Reise gehabt hat; eine alberne Verlegenheitsfrage, ich unterlasse sie.

So viel wollte ich sagen, jetzt weiß ich im Moment nichts. Leer, wie ausgelaugt ist mein Gehirn, peinlich; wie ein Schuljunge beim ersten Rendezvous komme ich mir vor.

Sie wendet mir langsam, als wolle sie den Augenblick des Wiedersehens möglichst lange hinauszögern, ihr Gesicht zu, ein schmales, blasses Gesicht, in das sich die Spuren eines Lebens voller Anstrengungen und Enttäuschungen tief eingegraben haben. Aber die Augen – grün sind sie, also doch – sind noch voller Leben. Und als sie mich mustert, beginnt sie zu lächeln, dieses besondere Lächeln, in dem die Geheimnisse dieser Welt eingefangen zu sein scheinen und das ich zuletzt – vor Jahrzehnten – bei Ana gesehen hatte und einen kurzen Augenblick vermeine ich sogar, sie vor mir zu haben. Ich suche nach Worten, finde keine, fange erneut an zu stottern, und verfluche mich insgeheim, dass ich in den letzten Jahren in meiner Einsamkeit mein Sprachvermögen nicht ausreichend gepflegt habe, bis Paulinchen mir die Hand auf den Mund legt: »Danke, dass Du gekommen bist!«

Mir fällt im Augenblick nichts Klügeres ein, als sie nun doch zu fragen: »Wie war Deine Reise? Wo ist eigentlich Dein Gepäck?« Nach dem Ziel ihrer Reise habe ich gar nicht gefragt; es ist mir nicht einmal aufgefallen.

»Danke, ich bin schon wesentlich schlechter gereist. Und was mein Gepäck betrifft: Ich reise ohne Gepäck; was ist schon Besitz? Ist uns nicht ohnehin alles nur geliehen – für eine sehr begrenzte Zeit? Deshalb ist es gut, sich rechtzeitig von allem Ballast zu trennen und auf die letzte Reise vorzubereiten, ich übe schon mal.«

Es klingt nicht ernst oder traurig, eher leicht, sogar ein wenig spöttisch, und nach einem Blick in mein ratloses Gesicht fügt sie rasch hinzu: »Nein, ich habe meinen Koffer schon vorausgeschickt. – Aber wir wollen doch wohl hier nicht sitzen bleiben und uns über mein Gepäck unterhalten!?«

Ich deute auf das Gebirge, das als graue, wellige Schattenlinie hoch über den Dächern der Stadt steht:

»Ich hoffe, dass Du etwas mehr Zeit mitgebracht hast, und möchte Dir vorschlagen, mit mir hinauf auf meinen Berg in mein Refugium zu kommen, wo wir uns in aller Ruhe unterhalten können.«

»Mein nächster Zug fährt bereits in zwei Stunden, da bleibt nicht viel Zeit«, konstatiert sie streng, was keinen Widerspruch zulässt.

Ich bin ein wenig enttäuscht, denn nach so vielen Jahren der Trennung gibt es viel zu fragen, zu erzählen und zu klären, woran mir viel gelegen ist und wozu zwei Stunden nicht ausreichen werden. Ich gebe zu: Ein wenig bin ich auch erleichtert, denn ich wüsste im Augenblick nicht, wie ich meine Einladung unter diesen Umständen in die Tat hätte umsetzen sollen; denn ‚bergtüchtig‘ für den beschwerlichen Aufstieg zu meiner Behausung, zu der im Augenblick kein befahrbarer Weg hinaufführt, scheint mir Paulinchen nicht gerade zu sein.

So verweise ich auf ein kleines Café auf der gegenüber liegenden Seite des Bahnhofsvorplatzes, das glücklicherweise geöffnet hat.

Zum Zeichen ihres Einverständnisses erhebt sie sich langsam, auf ihren Stock gestützt, mit dem sie seltsame Figuren in den Schnee gezeichnet hat, und setzt sich mit einem leicht pendelnden Schritt in Bewegung. Mein Hilfsangebot lehnt sie halb entrüstet, halb entschuldigend ab: »Du hast mich natürlich in ganz anderer Erinnerung, Addi, aber noch geht es halbwegs ohne fremde Hilfe, weil ich mir eine bestimmte Technik angewöhnt habe.«

Ich hätte es als taktlos empfunden, sie nach dem Grund ihrer Behinderung zu fragen.

$\mathfrak{W}$ir fanden einen ruhigen Platz am Fenster, das den Blick auf den zu dieser Stunde menschenleeren Bahnhofsvorplatz freigab, auf dem sich die verhalten gilbenden Platanen im leichten Wind wiegten und die Schneedecke bereits eine stark wässerige Konsistenz angenommen hatte.

Nachdem sich die Kellnerin mit unserer Bestellung entfernt hatte, trat eine Pause ein, als müsse sich jeder von uns sammeln, sich konzentrieren auf das Unvorhergesehene, auf das man sich nach mehr als vierundzwanzig Stunden, die seit dem Anruf vergangen sind, schon längst hätte einstellen können, es aber noch immer nicht geschafft hat. Denn das Unerwartete, das Mirakel dieser Begegnung ist geblieben, dauert an.

Im schräg einfallenden, blässlichen Licht der Mittagssonne unterzogen wir uns gegenseitig einer unaufdringlichen, aber genauen Prüfung und betrachteten uns mit der auf das Wesentliche konzentrierten Routine, wie sie vor allem alte Leute aufbringen für das körperliche Erscheinungsbild des anderen, voller Neugier auf die letzten Anzeichen von Lebenskraft und die schwachen Spuren der Lebensfreude im Gesicht und in der Haltung des anderen. Jeder prüfte eingehend und forschte in seiner Erinnerung, ob er etwas von der Vorstellung von dem anderen, von dem Verlorenen, von dem Bewahrten, etwas von der Jugendfrische, der Lebenserwartung von damals vorfand. Mein Eindruck war, die Zeit, die Unbilden des Lebens hatten sie bei aller körperlichen Hinfälligkeit nicht gebrochen, die Lebendigkeit ihrer grünen, forschenden Augen strahlte fast jugendlich; auch sie schien mir mit dem Ergebnis ihrer Überprüfung nicht gänzlich unzufrieden zu sein, wie ihr wohlwollender Blick verriet.

Wir sind uns nicht in die Arme gefallen, wir mussten uns erst finden, zu viel lag für jeden von uns zwischen jenen Schwüren unserer unbeschwerten Jugend und heute. Ein Leben, das jeder für sich verbracht hat, fern von dem anderen, mit anderen – auch aufgezwungenen – Lebensentwürfen, mit höchst persönlichen eigenen Prägungen, Verformungen, Einrissen und Lebenslinien, die zwischen uns beiden über Jahrzehnte keine Berührung hatten.

Nachdenklich rührte sie in der Schokolade, die ihr die Kellnerin hingestellt hatte, und sah mich aufmerksam an.

›Wenn ich nur wüsste, was sie jetzt denkt, was geht in ihr vor? Warum sagt sie nichts? Worauf will sie hinaus‹, fragte ich mich. Falls sie eine Rechtfertigung von mir erwartet, werde ich mich dem zwar stellen, aber noch nicht jetzt, jetzt noch nicht. Ich lenkte ab: »Aber sag‘, wie hast Du mich gefunden?«

Sie lächelte: »Oh, das war nicht besonders schwer. Nach der ‚Wende‘ habe ich im Internet alle Landsleute mit Deinem Namen ermitteln lassen, ich wollte wissen, ob Du noch lebst. Immerhin hattest Du ja im Gegensatz zu mir Deinen Namen beibehalten, das erleichterte die Nachforschungen. Und ‚Kreutzer‘ mit dem Vornamen: ‚Gustav-Adolf‘ gibt es nicht häufig, genau genommen sogar nur einmal, soweit ich feststellen konnte. Bist Du einmalig, Addi?«

Ihre Augen bekamen den leicht spöttischen Glanz, wie er mir seit jenen Jahren unvergesslich ist, weil mir dann stets – aus welchen Gründen auch immer – unbehaglich zumute war.

Ich knurrte Unverständliches, das sich anhörte wie: ›Einmalig? Das sind wir doch alle‹, und versuchte, erneut abzulenken:

»Wenn es Dir nichts ausmacht und Du darüber sprechen möchtest, würde ich gern wissen, wie es Dir in den Jahrzehnten seit damals ergangen ist.«

Ich merkte, dass ich plump mit der Tür ins Haus gefallen bin. Einerseits habe ich ein wirkliches Interesse, andrerseits hätte ich es Paulinchen überlassen sollen, ob sie überhaupt erzählen wollte. Wenn es ihr unangenehm wäre, würde ich es bedauern. Denn auffallend ist ja, dass viele Menschen dazu neigen, in eigener Sache romanhaft zu erfinden oder stockend und mit belegter Stimme zu reden, weil sie zumeist guten Grund haben, von sich nicht allzu viel wissen zu wollen und deshalb nicht so gern über sich selbst Auskunft geben.

Nicht so Paulinchen. Zu meiner Erleichterung ging sie unbefangen auf meine Frage ein:

»Es stimmt, ich konnte lange Zeit nicht über jene Jahre sprechen, ich war wie versteinert, lebte in einem Kokon, aus dem ich nicht herauskriechen wollte oder konnte. Ich wollte mich nicht auf die Vergangenheit einlassen und glaubte lange, ich könnte alles verdrängen, sogar vergessen. Aber das geht nicht. Die Vergangenheit ist niemals tot, sie ist nicht einmal vergangen, sie lebt in uns fort, ist ein Teil von uns und bestimmt unser Urteil und unser Handeln, auch wenn wir es uns nicht unmittelbar bewusst machen. Wir müssen uns ihr stellen, dann hilft sie uns mit ihren Erfahrungen, die Herausforderungen der Gegenwart leichter, vielleicht sogar mit einer gewissen Gelassenheit zu bestehen, so denke ich.«

»Kannst Du mir etwas über die Zeit erzählen, wenn Du möchtest, als Du noch in Moorvörden warst? Ich habe vor Jahren eine Nachricht vom Roten Kreuz erhalten, dass Du später im Konzentrationslager Ravensbrück gewesen bist.«

Ihr Blick verdunkelte sich, ihre grünen Augen schienen sich einen kurzen Augenblick lang schwarz zu färben; sie machte eine längere Pause, während sie in ihrer leeren Tasse rührte.

»Kann ich noch eine Schokolade bekommen? Und ein Glas

Wasser dazu? – Moorvörden, ja, Moorvörden«, nickte sie, »ich denke oft, das war ein Leben vor diesem Leben, das es wohl nur im Traum gegeben hat, aus dem es dann ein jähes Erwachen gab. Aber Du warst ein Teil davon und sitzt jetzt lebendig vor mir. Also war es Wirklichkeit, damals in Moorvörden, als wir glaubten, unsere Träume leben zu können.«

Paulinchen straffte sich und eine Spur von Härte legte sich über ihre Züge, auf ihrer Stirn erschien eine steile Falte: »Ja, es stimmt, ich bin im Konzentrationslager gewesen, es war für Frauen und Kinder eingerichtet; Schutzhaft nannten sie es. Vor wem musste eigentlich wer geschützt werden? Diese Frage hatte sich schon mein Vater gestellt, als man ihn abführte. Wie oft konnte man damals diese Frage stellen – ohne eine Antwort zu bekommen!- Warum willst Du es wissen?«

»Stimmt es, dass das Lager geräumt wurde und auch Du den langen Marsch mitmachen musstest?«

Sie nickte unmerklich.

»Wie konntest Du das überstehen, die Bedingungen auf dem Marsch sollen unmenschlich gewesen sein?! Nach den – glücklicherweise unzutreffenden – Ermittlungen des Roten Kreuzes bist Du auf dem Marsch ums Leben gekommen. So wurde mir auf meine Anfrage mitgeteilt.«

Gedankenverloren sah sie aus dem Fenster, vor dem ein dicker Placken Schnee vom Dach auf den Gehweg plumpste. Ihre Stimme kam auf einmal wie von weit her:

»Wie Du siehst, lebe ich noch. Ich habe nichts dagegen, dass sich das Rote Kreuz geirrt hat ... Woher hatte das Rote Kreuz nur diese Information? – Wie auch immer:

Im Lager habe ich damals, wenn man so will, Glück im Unglück gehabt. Schon deshalb, weil ich auf der Krankenstation tätig sein konnte; man hatte wohl berücksichtigt, dass ich nicht gerade vor Kraft strotze, wie Du sicher noch weißt, und ein paar Semester Medizin hatte ich ja auch studiert. Kannst Du Dich

143

noch an meinen Traum von unserer gemeinsamen Arztpraxis erinnern?«, lächelte sie, um aber sogleich ernst fortzufahren: »Die Pflege der Halbverhungerten und Kranken, denen wir meistens auch nicht mehr geben konnten als unsere Zuwendung, war beileibe keine leichte Arbeit, aber mit den Einsätzen anderer Häftlinge in den Uniform-Schneidereien und Rüstungswerken nicht vergleichbar. Und man denkt, man kann sich an das Elend, das ringsum herrscht, gewöhnen; man kann es nicht, und wenn man noch so sehr abstumpft und kaum noch zu einer menschlichen Regung fähig ist.

Aber ich will nicht abschweifen, es würde sonst Stunden dauern, die wir nicht haben ... – Ja, der Marsch – danach hattest Du gefragt: Das Lager musste ja, als die Russen näher rückten, im April 45 auf irgendeinen höheren Befehl geräumt werden. Es ging das Gerücht, man wolle uns an der Ostsee auf Schiffe verladen, die dann auf offener See versenkt werden sollten. Was daran war, wussten wir nicht, ich weiß es bis heute nicht. Vorstellen kann ich es mir eigentlich nicht, denn kaum einer von uns geschwächten Häftlingen hätte einen solchen Marsch unter diesen widrigen Umständen über hunderte von Kilometern lebend überstanden. Aber auch das könnte natürlich die Absicht, das Ziel gewesen sein ...«

Paulinchen zerkrümelte auf dem Tischtuch in Gedanken spielerisch einen Keks, der ihrer Schokolade beigelegen hatte, was ihr, als sie es bemerkte, sichtlich peinlich war:

»Entschuldigung, so mit Essbarem umzugehen – eine Schande ... Aber weiter: Das besagte Kalkül wäre ja auch, was mich betrifft, fast aufgegangen: Denn nach drei Tagen, irgendwo auf einer Landstraße in Brandenburg, war ich mit meiner Kraft am Ende und nicht mehr in der Lage, noch einen Schritt weiter zu gehen. Ich war fix und fertig: Die mangelhafte Ernährung, dazu ein miserables nasskaltes Aprilwetter und der strapaziöse, von den Posten immer wieder zur Eile angetriebene Marsch in dünner ungenügender Häftlingskleidung und mit klobigen Holzschuhen, die schon nach einigen Kilometern jeden Schritt zur Qual machten

– das alles zusammen ließ die ohnehin schwachen Kräfte noch schneller schwinden ...«

Sie machte eine Pause, sah aus dem Fenster: »Es ist seltsam, wie sich doch jede Einzelheit tief eingeprägt hat, als sei es gestern gewesen ...

Ich bin damals mit anderen Frauen einfach am Straßenrand sitzen geblieben; ich hatte mit dem Leben – wie schon viele Male vorher – abgeschlossen. Von der Zivilbevölkerung war Unterstützung nicht zu erwarten, sie hatte Angst; die Dörfer, durch die wir zogen, waren, was die einheimische Bevölkerung anbelangt, wie ausgestorben. Es wäre uns egal gewesen, wenn uns die Posten einfach per Genickschuss – wie andere auch – erledigt hätten. Aber die Wachmannschaften waren schon mehr mit sich selbst beschäftigt, wie sie am besten noch ihre eigene Haut retten könnten, und kümmerten sich um uns nicht. Sie glaubten wohl auch, dass wir auch ohne ihr Eingreifen über kurz oder lang verrecken würden und sie ihre Munition schonen könnten, denke ich mal. Mit dieser Erwartung hätten sie ja auch gar nicht so falsch gelegen.- Warum erzähle ich Dir das? Ach ja, Du hattest danach gefragt. Merkwürdig, seit Jahrzehnten hat niemand mehr gefragt. War vielleicht auch gut so. Denn auch in der DDR begegnete man uns jüdischen KZ-Häftlingen durchaus mit Zurückhaltung und einer gewissen Skepsis.«

Sie schüttete umständlich ein weißes Pulver in das Wasserglas und trank es mit offensichtlichem Widerwillen bis zur Neige aus.

»Ich weiß nicht, Paulinchen«, nahm ich das Wort, »wo ich anfangen soll. Ich möchte so viel von Dir wissen. Vor allem auch: Weißt Du, was aus Deinem Vater geworden ist, dem angesehenen und allseits so geschätzten Weinhändler vom Marktplatz?! Ich weiß nur, dass man ihn nach Dachau verbracht hatte ...«

Sie sah mich mit leichtem Erstaunen an: »Aus meinem Vater? Nun, so angesehen, wie Du sagst, kann er wohl nicht gewesen sein, da niemand für ihn einen Finger krumm gemacht hat, als sie ihn abholten, und auch später nicht«, bemerkte sie bitter, »er ist im Lager, in Dachau, während des Krieges verstorben, worüber ich sehr viel später eine nichtssagende Nachricht bekommen habe. Lungenentzündung oder Herzversagen oder so was Ähnliches wurde als Ursache angegeben. Hatte ich Dir das damals nicht noch erzählt oder geschrieben?«

Sie hielt inne und sah mich fragend an.

Ich bewunderte Paulinchen, mit welcher Ruhe und Sachlichkeit, ohne erkennbare innere Beteiligung sie berichtete. Ich wusste ja, welche prägende Bedeutung ihr Vater mit seiner Klugheit und weltoffenen Toleranz für sie gehabt hatte und wie schwer es für sie gewesen sein muss, seinen Verlust zu verschmerzen.

»Entschuldige, ich wollte Dich nicht unterbrechen, aber mir schwirrt der Kopf, was ich alles wissen möchte, jetzt, wo Du leibhaftig vor mir sitzt, was ich immer noch nicht recht glauben kann. Gestern Morgen kam Dein Anruf: Es war wie ein Anruf aus einer anderen Welt. Seither habe ich nur noch rekapituliert, mein Leben zusammen schrumpfen lassen auf jene Jahre mit Dir, damals in Moorvörden, und ich habe mich gewundert, wie sich immer mehr kleine oder größere Gesteinsbrocken zu einem – wenngleich immer noch lückenhaften – Mosaikbild der Erinnerung zusammenfügen lassen.«

»Ja, so ähnlich ist es mir während der Bahnfahrt hierher auch ergangen«, nickte Paulinchen, »gut also, ich erzähle weiter, wenn Du es noch hören willst: Wir Frauen waren unfähig, uns weiter zu bewegen, geschweige denn, uns irgendwo Nahrung zu besorgen. Ich weiß es noch genau, so etwas vergisst man nicht: Wir waren am Ende und lagen apathisch im nassen Gras neben der Landstraße; ein nieseliger Regen hatte uns bis auf die Haut durchnässt – aber wir spürten ihn nicht, es war uns alles gleichgültig geworden. Kolonnen von Häftlingen, auch aus anderen Lagern, Flüchtlinge und zurückweichende Truppen – sie alle zogen in ungeordneten Haufen vorüber, plan – und ziellos, ohne von uns Notiz zu nehmen.

Ein älterer Mann kam des Weges, vermutlich ein Bauer, er trug eine Hacke, Sense oder so etwas Ähnliches über der Schulter. Er war eine Ausnahme in diesem allgemeinen Tohuwabohu, deshalb fiel er sogar uns auf, die wir ein Interesse an unserer Umwelt schon längst verloren hatten. Er ging offenbar seiner üblichen Beschäftigung nach, als sei es das Natürlichste von der Welt und um ihn herum geschehe nichts, was seine Ordnung, seinen gewohnten Lebensrhythmus stören könnte; er bot ein Bild, das dem zerstörerischen Chaos ringsum etwas von seiner Bedrückung nahm, durch seine scheinbare Normalität, die daran erinnerte, dass es außer Not und Tod noch etwas anderes gab, zu dem wir Häftlinge längst jede Beziehung verloren hatten.

Er ging zunächst achtlos vorüber, nachdem sein flüchtiger Seitenblick die Elendszüge und uns nur kurz gestreift hatte, dann blieb er plötzlich stehen, kratzte sich am Kopf, kam überraschend zurück und sagte nur, während er die Straße nach beiden Seiten sichernd beobachtete: ‚Ihr könnt hier nicht bleiben, wartet dort drüben am Wald, bis es dunkel wird.‘ Dann war er wie vom Erdboden verschluckt. Wir wussten nicht, was wir von der Sache halten sollten. Da uns aber ohnehin alles egal war, sind wir seiner Aufforderung gefolgt, wir hatten nichts mehr zu verlieren.

Zu Dritt verbargen wir uns, so gut es ging, am Waldrand im Gebüsch, weil wir auf einmal doch eine winzige Überlebenschance witterten, und das war wohl auch ein richtiges Gefühl, wie ich oft im Leben die Erfahrung gemacht habe, sich auf seinen Instinkt zu verlassen, wenn kluges Nachdenken in eine Sackgasse zu führen droht. Noch immer zogen Wachmannschaften mit Häftlingen und ungeordnete militärische Marschkolonnen die Straße entlang, deren Reaktionen beim Anblick erschöpfter Häftlinge am Straßenrand letztlich doch nicht sicher vorauszusehen waren. Deshalb haben wir uns vorsichtshalber zurückgezogen.

Tatsächlich näherte sich dann in der aufkommenden Dämmerung in langsamer Fahrt aus einem Seitenweg, der in die Feldmark führte, ein Fuhrwerk, als dessen Kutscher wir unseren Bauern erkannten. Er hielt an, sah sich nach allen Seiten um und hieß uns schnell auf die Ladefläche aufzusteigen, wo er uns unter einer Plane zwischen Säcken mit Holzspänen für den Antrieb seines Holzgasmotors versteckte. Dort hatte er warmen Tee und Brote mit Wurst – übrigens, die beste, die ich je gegessen habe – deponiert. Die Lebensgeister erwachten. Es war wirklich wie ein kleines ›Festmahl‹ dort unter der Plane – nach allem, was wir hinter uns hatten.

Mein Gott, wie der Mensch doch am Leben hängt, selbst an einem derart besch ...!

Ich kann nicht sagen, wie lange wir gefahren sind; nach der Rumpelei zu urteilen, die uns kräftig durcheinander schüttelte, müssen es Stunden gewesen sein, waren es aber sicher nicht. Als er die Plane wegzog, befanden wir uns in einer großen Scheune, in der an beiden Seiten Heuballen bis unter das Dach aufgestapelt waren. – Soll ich Dir das alles so ausführlich erzählen? Durch zu viele Details, die auch ermüden können, geht dann leicht die große Linie verloren ...«

»Bitte, berichte weiter.« Ich war begierig, sie reden zu hören.

Die Kellnerin trat an den Tisch heran: »Darf es noch etwas sein? Haben Sie noch einen Wunsch? Soll ich Ihnen die Speisekarte bringen?«

»Nein, danke, oder ...?! Noch zwei Mineralwasser, bitte.«

»Worüber hatte ich gerade gesprochen? Ach so, von der Scheune«, fuhr Paulinchen fort, »der Bauer wies uns in eine Ecke der Scheune, in der aus Heuballen eine Höhle gebaut war, die man mit einem weiteren Ballen so verschließen konnte, dass nur noch ein Luftloch zum Atmen verblieb, aber niemand das Versteck ohne intensive Nachsuche entdecken konnte, es sei denn, wir hätten uns durch unsere Nieserei verraten. Es ging alles gut. Hier haben wir drei Frauen das Kriegsende überlebt, immer versorgt von dem alten Mann, dessen Namen wir nicht einmal kannten.

Ich weiß, was Du jetzt fragen willst: Aber ich kann Dir beim besten Willen wirklich nicht sagen, warum er sich für uns in Gefahr gebracht hat, zumal er uns nie nach unserem Woher und Wohin gefragt hat, vielleicht hat er eine Ahnung gehabt. Wir waren für ihn wohl einfach nur Menschen, die Hilfe brauchten, elendes, bemitleidenwertes Strandgut, wie es in diesen Jahren massenweise auf den Landstraßen angespült wurde. Aber er hatte u n s , ausgerechnet u n s , herausgepickt, aufgesammelt und am Leben erhalten. Warum gerade u n s ?«

Paulinchen hob unschlüssig die Schultern und sah mich fragend an: »War das ein ›Zufallstreffer‹ oder doch eine Fügung?«

»Man könnte es so nennen, gewiss.«

»Unser Bauer war sehr verschlossen und wortkarg und jede Frage, die in die Richtung nach dem Ort unseres Aufenthalts ging, überging er mit Schweigen. Er hatte uns verboten, die Scheune zu verlassen und seinen Namen sagte er uns absichtlich nicht, er meinte, je weniger wir wüssten, desto besser sei es für uns alle.«

Irritiert unterbrach Paulinchen für einen kurzen Augenblick ihren Bericht, als sich ein großer Vogel mit spitzem Schrei von einer Platane löste und mit schwerem Flügelschlag dicht am Fenster vorbeistrich; sie fand aber schnell zurück, wollte den mühsam gefundenen Faden im verwirrenden Knäuel ihrer Geschichte nicht mehr verlieren: »Eines Morgens wurden wir durch großen Lärm geweckt: Laute Stimmen, russische Wortfetzen, Kommandos, Schüsse, an- und abfahrende Autos und dann wieder Stille. Die Mutigste von uns Dreien öffnete vorsichtig das Scheunentor und sah zum Haus hinüber: Die Haustür stand weit offen, Kleidungsstücke und Gegenstände des Hausrats lagen verstreut vor dem Eingang, sodass uns klar wurde: Die Russen waren inzwischen hier und hatten das Haus geplündert.

Aber wo war unser Bauer? Um es kurz zu machen: Wir haben ihn im ganzen Haus, in das wir uns nach Stunden, als alles still blieb, hineintrauten, nicht gefunden. Das ließ für uns nur einen einzigen Schluss zu: Die Russen hatten ihn mitgenommen. Ob außer ihm noch jemand in dem weitläufigen Haus gelebt hatte, haben wir nie erfahren. Im Schutt, der sich in einigen Räumen meterhoch türmte, fand ich ein Fotoalbum, in dem sich auch ein Bild unseres Bauern mit zwei jungen Männern in Uniform – vielleicht seine

Söhne? – befand; sie könnten seine Hilfsbereitschaft uns gegenüber erklären. Aus dem Album wie auch aus herumliegenden Briefen und Papieren entnahmen wir seinen Namen: ›Hans Schmidt‹. Hinweise auf eine Bäuerin haben wir nirgendwo gefunden ...

Ich werde ihm immer dankbar sein und habe Jahre später auch versucht, den Hof ausfindig zu machen, um vielleicht etwas mehr über ihn zu erfahren. Gern hätte ich unserem Retter und Wohltäter gedankt, wenn er noch gelebt hätte. Aber suche mal jemanden in den Wirren jener Jahre wie auch später mit diesem Allerweltsnamen; der ist wie eine Stecknadel im Heuhaufen. Wenn ich wenigstens sein Geburtsdatum gewusst hätte ...

Ich habe auch den Hof, der einsam auf einer Halbinsel zwischen zwei größeren Seen lag, nicht wieder gefunden: Unsere Ängste, unsere Abgeschiedenheit, unser isoliertes Leben damals in der Scheune haben wohl verhindert, uns genauer die Örtlichkeiten zu merken, die sich nach dreißig Jahren ohnehin verändert haben dürften, zumal die ganze Gegend und damit wohl auch der Hof in einer landwirtschaftlichen Produktionsgenossenschaft -LPG- aufgegangen, das sehr alte Fachwerkhaus möglicherweise sogar abgerissen worden war.

Wie auch immer: Wir drei Frauen haben uns damals beraten und kamen überein, dass wir hier nicht bleiben konnten, der nächsten Patrouille würden wir bestimmt in die Hände fallen. Wir waren schließlich ohne Papiere und Ausweise und konnten nicht davon ausgehen, dass uns unsere wahrheitsgemäßen, aber selbst für damalige Verhältnisse abenteuerlichen Erklärungen geglaubt würden, ganz abgesehen davon, dass uns unser Schicksal vor unangenehmen, wenn nicht gar lebensgefährlichen Übergriffen mancher Art kaum bewahrt haben dürfte ...

Die Eindringlinge hatten den Weinkeller des Bauern arg geplündert, aber die gut versteckten Vorräte an Lebensmitteln unberührt gelassen. Das war unsere Chance: Damit beluden wir uns und marschierten los, eigentlich kam es uns nach der langen Untätigkeit darauf an, überhaupt etwas zu tun, heraus aus dem

Heu und unserer Nieserei, ein Ziel hatten wir nicht; der Weg, das Fortkommen schlechthin konnte im Augenblick nur das alleinige Ziel sein. Dass wir drei unter diesen Umständen nicht nach Hause gelangen konnten, war uns allerdings bewusst. Meine beiden Begleiterinnen Gustl und Sarah – ihre Nachnamen habe ich vergessen – stammten aus Süddeutschland. Sie hätten Hunderte von Kilometern, überwiegend wohl zu Fuß, zurücklegen müssen, ein unmögliches Unterfangen! Und was zog mich schließlich nach Moorvörden?! Niemand aus meiner Familie erwartete mich, weil es niemanden mehr gab, und was aus Dir geworden war, wusste ich auch nicht.«

»Zu der Zeit muss ich wohl in Workuta am Eismeer gewesen sein«, kam ein von mir eher unbeabsichtigter, beiläufiger Einwurf.

Paulinchen stutzte: »Du warst in russischer Kriegsgefangenschaft? Erzähl' bitte.« In großen Zügen berichtete ich, ohne nähere Einzelheiten zu nennen, die Sie, geneigter Leser, schon genauer kennen. Die Gründe für meine Verhaftung erwähnte ich nicht.

»Aber lass uns nicht abschweifen«, sagte ich, »ich möchte wissen, wie es Dir weiter ergangen ist.«

»Wo war ich denn stehen geblieben?- Ach ja, wir drei Frauen machten uns auf den Weg, vorher – das ist aus heutiger Sicht richtig komisch – haben wir mit Strohhalmen gelost, in welche Richtung wir marschieren sollten. Dabei wäre der richtige Weg bestimmt nach Westen gewesen, zu den Briten und Amerikanern. Aber wo die genau standen – das wussten wir damals nicht. Wir wagten auch nicht, die flüchtenden deutschen Soldaten zu fragen, die Angst saß zu tief in uns. Und das Los hat es dann anders bestimmt. Ist es nicht geradezu aberwitzig, lächerlich, dass ein Strohhalm entscheidenden Einfluss auf Jahrzehnte meines Lebens genommen hat?! Wenn er nun nach Westen gezeigt hätte? Wer weiß, wie alles gekommen wäre ...«

»O ja«, nickte ich zustimmend, »es sind bekanntlich immer wieder die kleinen Dinge, die das Schicksal einzelner, aber auch ganzer Völker bewegen, sogar bestimmen ... Hätte – zum Beispiel – Hitler im November 39 nicht vorzeitig die Versammlung im Bürgerbräukeller in München verlassen, wäre das Attentat auf ihn mit großer Wahrscheinlichkeit gelungen und die Weltgeschichte hätte die Chance gehabt, einen anderen Verlauf zu nehmen ... und unser Leben wohl auch.«

Auf Spekulationen über einen anderen, möglichen Verlauf des Weltgeschehens wollte sich Paulinchen jetzt nicht einlassen; es schien sie zu erleichtern, vielleicht zum ersten Mal nach Jahrzehnten über sich selbst, ihr eigenes Schicksal reden zu können, mit dem sie wie die Mehrzahl unserer Generation allein hatte fertig werden müssen und das auch in angstvollen Wachträumen nicht hatte bewältigt werden können.

In ihrem blassen Gesicht hatte die Anstrengung rötliche Flecken hinterlassen.

»Möchtest Du noch etwas zu Dir nehmen? Sollten wir vielleicht noch einen Spaziergang machen?«

Paulinchen winkte ab; obwohl noch eine gute Stunde bis zur Abfahrt ihres Zuges vor uns lag, wollte sie keine Unterbrechung, als werde ihr die Zeit sonst zu knapp: »Du musst wissen, dass man uns in Ravensbrück von allen Informationen abgeschnitten hatte. Wir wussten ja nicht einmal, wo genau Ravensbrück auf der Landkarte zu finden war. Ich wusste nur, dass es in der Nähe von Fürstenberg nördlich von Berlin lag und wir jetzt wohl in nördliche Richtung marschiert waren, das zeigte der Sonnenstand. Die Ortsschilder der kleinen Ortschaften am Wege sagten uns ja nichts ...«

»Aber irgendein Ziel müsst Ihr doch vor Augen gehabt haben«, wandte ich ein.

»Nein, wirklich nicht, das ist aus heutiger Sicht wohl auch kaum zu verstehen, vielleicht war es der Herdentrieb, der uns in Bewegung gesetzt hat, denn damals war ja halb Europa auf dem Marsch irgendwohin, ziellos, eine Völkerwanderung der Neuzeit, wie Du ja auch noch weißt ...

Und wieder fanden wir nach abenteuerlichem Marsch, immer

in sicherem Abstand zu den großen Straßen, Unterschlupf auf einem kleinen Gehöft in einem aus wenigen Häusern bestehenden Dorf, das so unscheinbar war wie sein Name: Grünhagen. Mit dem Bauern, einem Mittvierziger, verstand ich mich gleich recht gut. Vom Wehrdienst war er freigestellt worden, da er einen kriegswichtigen Betrieb leitete und schon im Frankreichfeldzug verwundet worden war; ein inoperabler Steckschuss in der Lunge machte ihm von Zeit zu Zeit zu schaffen. ‚Meine Lebensversicherung rührt sich wieder‘, nannte er in einem Anflug von Sarkasmus seine schließlich immer häufiger auftretenden Beschwerden. Eine Bäuerin gab es nicht: ‚Die viele Arbeit auf dem Hof habe ihm keine Zeit gelassen, auf Brautschau zu gehen, und wer wolle sich schon mit einem Krüppel einlassen‘, war seine lapidare Erklärung. Kriegsgefangene und Fremdarbeiter hatten ihm während der Kriegsjahre geholfen, die Arbeit zu bewältigen. Nun waren sie fort, sodass wir als Arbeitskräfte willkommen waren. Und wir waren froh, zunächst einmal ein Dach über dem Kopf zu haben. Er fragte uns, ob wir nicht bleiben wollten, jetzt, in diesen unsicheren Zeiten, ein Bett und ausreichend Essen könne er uns gegen entsprechende Mithilfe auf dem Hof bieten.

Wir blieben natürlich, ein solches Angebot hätten wir kein zweites Mal bekommen. Meine beiden Leidensgefährtinnen hielten es trotzdem nicht lange aus, sie wollten weiter, versuchen, sich nach Hause durchzuschlagen. Allerdings schien ihnen auch die harte Arbeit nicht zu gefallen.«

Paulinchen machte eine Pause und sah nachdenklich zu dem Baum vor dem Fenster, von dem Schneereste in kristallinen Perlen abtropften: »Schade, ich habe nie wieder von den beiden gehört, obwohl wir uns beim Abschied hoch und heilig versprochen hatten, Kontakt zu halten ... Wie das denn so ist im Leben ... Hoffentlich sind sie durchgekommen – damals.

Ich hatte kein Zuhause, wohin hätte ich mich wenden sollen? Also blieb ich; dass sich mein Aufenthalt über mehr als ein halbes Jahrhundert erstrecken würde, konnte ich damals nicht ahnen.

Mein Bauer hieß Franz Schubert, der von Landwirtschaft viel, aber im Gegensatz zu seinem Namensvetter aus Wien von Musik wenig verstand. Weshalb er oft Spott ertragen musste, den er mit dem ihm eigenen Gleichmut ertrug. Na ja, Du ahnst es schon, nennen wir es ruhig so: Ein richtungweisender Strohhalm hatte Schicksal gespielt, die kleinen Dinge des Lebens eben, deren Einfluss viel zu häufig unterschätzt wird.

Kurz und gut: Ich habe ihn geheiratet. Es hat sich einfach so ergeben; wir waren ja täglich zusammen; in der gemeinsamen Arbeit ergänzten wir uns und waren deshalb auch auf einander angewiesen. Ob bei mir am Anfang auch ein gewisses Mitleid mit diesem vom Leben wahrlich nicht verwöhnten Menschen, einem Schicksalsgefährten, wenn man so will, eine Rolle gespielt hat, vermag ich nicht zu sagen, mag aber sein. Er meisterte sein Leben mit einer gehörigen Portion Resignation, die es vielen vom Schicksal vernachlässigten Menschen gerade in jenen Jahren erleichtert hat, sich dem Leben anzupassen und mit ihm – na, sagen wir mal – halbwegs zu Rande zu kommen. Dadurch gingen von ihm aber auch eine gewisse Stärke und innere Ruhe aus, die mir in meiner Lage und nach alledem, was hinter mir lag, guttaten. Ich wollte nicht mehr ständig in Angst leben, wollte eine gewisse Sicherheit und meine Zukunft nicht mehr einem Strohhalm überlassen ... Ich habe Zweifel, ob ein Außenstehender das heute noch versteht ...«

Paulinchen nippte achtlos am Mineralwasser, dann trank sie es aus, ohne abzusetzen: »Man musste Franzl, so durfte nur ich ihn nennen, schon längere Zeit kennen, um echte Sympathien für ihn zu entwickeln, die ja häufig Menschen nicht zuteil werden, deren Leben schwierig, ohne ›fortune‹ und ohne Leuchtkraft verläuft. Seine stille, unaufdringliche Zuneigung, seine unbedingte Zuverlässigkeit und Treue zu mir haben mich für ihn eingenommen. Es war nicht die rauschhafte Leidenschaft, wie man sie in der Jugend erleben kann, dazu hatte uns das Leben zu sehr mitgespielt, durcheinander geschüttelt, um in uns noch so etwas wie ›überschäumende Gefühligkeit‹ aufkommen zu lassen, geschweige denn, ein loderndes Feuer zu entfachen ... Dafür stand ein allmählich gewachsenes gegenseitiges Vertrauen, Verlässlichkeit bei der Bewältigung der Aufgaben des Alltags und ein sprachloses, ja, blindes Verstehen, was – alles zusammen – einer Beziehung Festigkeit und dauerhaften Bestand verleiht.«

»Hattest Du nie die Absicht, in den Westen zu gehen, vielleicht sogar mit Franz?«

»Natürlich habe ich, vor allem nach dem Aufstand 1953, mit dem Gedanken gespielt, die DDR zu verlassen; vom Faschismus in den Antifaschismus gelangt zu sein, hört sich besser an, als es ist, denn genau genommen gerieten wir von einer Diktatur nahtlos in die Nächste, das verträgt der Mensch nur schwer: Schließlich gab es ja auch in diesem Staat keine eigene Entscheidung für die Freiheit. Es ist wohl ein Kreuz mit uns Deutschen«, seufzte sie, »es fällt uns schwer, die richtige Balance zu finden und zu halten; Ausgewogenheit und ‚goldener Mittelweg‘- sie gehen uns einfach ab!

Aber es stimmt schon: Immer war in mir auch noch ein bisschen der Traum von jenem anderen Leben wach, das es ja gegeben hatte, und den ich nicht aufgeben konnte. Aber da war Franzl, ihn durfte ich nicht im Stich lassen, denn er wollte seine Scholle auf keinen Fall verlassen; er glaubte, das seinen Vorfahren – der Hof war seit den Zeiten des Grossen Kurfürsten über Jahrhunderte ununterbrochen im Familienbesitz gewesen – schuldig zu sein.

Zu seinem Glück, muss man sagen, hat er die Enteignung seines Grundbesitzes nicht mehr erlebt. Mitte der fünfziger Jahre ist er verstorben; die harte, entbehrungsreiche schwere Arbeit, die Kriegsverletzung – beide hatten ihm immer mehr zugesetzt. Aber bis zum letzten Tag ist er unverdrossen und pflichtbewusst seiner Arbeit nachgegangen; wie es seiner stillen, unprätentiösen Art entsprach, ist er beim Pflügen auf dem Acker einfach zusammengesackt. Unserem Mitarbeiter hatte er kurz vorher noch gesagt, dass er sich heute auf eine besondere Art seltsam abgehoben, fast entrückt fühle, als gehe ihn alles nichts mehr an; er solle mir aber nichts sagen, um mich nicht zu beunruhigen. Franzl erlag einem schnellen, tödlichen Schlaganfall, jede Hilfe kam zu spät.

Nach seinem Tod gab es nun eigentlich nichts mehr, was mich in der DDR hätte halten können. Die Frage habe ich mir häufig gestellt: Warum bin ich eigentlich geblieben? Beharrungsvermögen, Trägheit, dazu die Angst, doch nichts mehr von dem vorzufinden, was mir meine Träume, meine Sehnsucht vorgaukelten!? Vielleicht. Und wohin hätte ich denn gehen sollen? Etwa nach Moorvörden, mit dem sich nicht nur Erinnerungen an eine glücklich verlebte Jugend verbinden? Würde ich mich dort nicht sogar wie eine Fremde fühlen?- Hier auf dem Hof hatte ich doch eine gewisse Sicherheit, die mit höherem Alter immer wichtiger wird. Auf Franzls Rat und Fürsprache hin hatte ich schon Ende der vierziger Jahre das landwirtschaftliche Polytechnikum in Rostock besuchen können. Als dann im Zuge der Kollektivierung Ende der Fünfziger auch bei uns eine Landwirtschaftliche Produktionsgenossenschaft – LPG – gegründet wurde, übernahm ich zunächst die technische, später die Leitung der Verwaltung. Viele Bauern haben damals fluchtartig die DDR verlassen, ich bin geblieben; nenne es nun Trägheit, Schwäche oder auch Angst davor, im Westen noch einmal neu anfangen zu müssen und enttäuscht zu werden ... Einer der Gründe, vielleicht sogar alle drei, muss es wohl gewesen sein, denn überzeugt von diesem Staat mit seiner Unfreiheit, die mich in mancher Beziehung an den Totalitarismus der Nazis erinnerte, war ich keineswegs. Glücklicherweise wurde ich auch nie aufgefordert, irgendwelche Funktionen in der Partei zu übernehmen, man ließ mich in Ruhe.

Im eintönigen Gleichklang gingen die Jahre bei viel Arbeit dahin, sodass man kaum zum Durchatmen kam. Andrerseits war das Leben auf dem Lande durchaus erträglich, weil der Druck der Partei kaum spürbar war, wenn die Ernteerträge mit den Planvorgaben übereinstimmten oder diese sogar übertrafen.«

Sie nahm einen Schluck aus ihrem leeren Glas, ohne es zu bemerken; dann sprach sie leise weiter, als redete sie zu sich selbst:

156

»Aber eines Tages, wenn das alles vorbei ist, die tägliche Arbeit nicht mehr allein den Tagesablauf bestimmt und die Tage für Dich länger werden, dann beginnst Du über Dein Leben nachzusinnen, und fragst Dich immer drängender: War's das denn wohl, Dein Leben, das Du doch ganz anders gestalten wolltest?! Und Du gehst auf die Reise, zunächst in Deinen Gedanken, Träumen, auf der Suche nach ... ja, nach was? Alles ist noch ungeordnet, ziellos, aber eine innere Unruhe beginnt Dich umzutreiben, lässt Dir keine Ruhe, bis sich nach und nach ein Bild formt von dem, was Dich im Innersten bewegt.«

»Wie war es eigentlich damals, Paulinchen«, dachte ich laut in die entstandene Pause hinein, »haben wir nicht fest daran geglaubt, fast wie Prometheus, dass wir unser Schicksal selbst bestimmen könnten? Und dass es bei uns da draußen am Rande des Moores über Jahrhunderte von Generation zu Generation fest und zuverlässig geplant werden konnte? Dass alles so kommen würde, wie wir es uns bei unseren unbefangenen Spielen träumen ließen? Konnte es da überhaupt Zweifel geben? Hatte nicht eine Jahrhunderte alte, gefestigte Ordnung schon frühzeitig unsere Zukunft berechenbar gemacht?

Aber wenn ich Dir so zuhöre, ist es wohl doch kein Zufall, sondern das Schicksal, das gelegentlich in Gestalt eines Bauern oder sogar eines Strohhalms daherkommt, in unser Leben eingreift und unserem Weg eine unvorhersehbare Richtung gibt. Auch wenn wir an unseren Willen, an unsere Entscheidungsfreiheit glauben, haben wir doch wohl letztlich keine Chance, anders zu handeln, als wir es tun und es uns durch Umstände aufgezwungen wird, auf die wir keinen oder doch nur einen sehr begrenzten Einfluss haben. Das ist dann das unabwendbare Schicksal, dem wir uns nur mit unseren äußerst schwachen Kräften entgegen stemmen können, denn ... um mit Goethes ›Egmont‹ zu sprechen – : › ...uns bleibt nichts, als mutig gefasst die Zügel festzuhalten und bald rechts, bald links, vom Steine hier, vom Sturze da die Räder fortzulenken. Wohin es geht, wer weiß es?‹ – Mehr können wir wohl nicht tun!?«

Ich machte eine Pause und setzte spontan hinzu:

»Wer hätte schon gedacht, dass sich mein Paulinchen von damals, die sich für Benny Goodmans Musik, präsentiert von Benno Brinkholte, interessierte, Medizin studieren und Kinderärztin werden wollte, in ihrem späteren Leben mit Produktionserzeugnissen und Planerfüllungen in der Landwirtschaft würde befassen müssen!?«

»Ach ja, Benno ...«, Paulinchen lächelte versonnen, was bei mir fast alte Eifersuchtsgefühle aufkommen ließ, »...der hatte den Rhythmus vom Jazz im Blut und den Takt in den Fingern wie kein Zweiter. Schade, denn nachdem mein Vater abgeholt worden war, hat er jeden Kontakt zu mir abgebrochen. Was ist wohl aus ihm geworden? Ich wüsste es gern.«

»Soweit ich in Moorvörden nach dem Krieg in Erfahrung bringen konnte, ist Benno bei der Verteidigung des ‚Braunen Hauses‘, der Parteizentrale der NSDAP in Moorvörden, wenige Tage vor Kriegsende ums Leben gekommen.« Und mehr zu mir selbst gesprochen, murmelte ich: »Vielleicht ist mir das gleiche Schicksal nur deshalb erspart geblieben, weil ich in russische Gefangenschaft geraten bin ...«

»Oh, das tut mir leid für Benno, er war ein so lieber Kerl ... Aber Du, Addi, bist Du denn, wie Du es vorhattest, Forscher und Abenteurer oder Nachfolger von Old Shatterhand geworden? Auch Flieger wolltest Du werden, soweit ich mich erinnere«, lächelte sie wohlwollend und ein wenig spöttisch zugleich, während ein feines Gespinst von Falten ihr von wachen Augen beherrschtes Gesicht überzog.

Sie hatte inzwischen ihren Hut abgesetzt; ihr weißes, sehr kurz geschnittenes Haar, das ihr gut stand, gab mir sofort Anlass zu überlegen: War es nun ehemals braun? Oder vielleicht doch mehr rötlich?

»Man sollte die verschlungenen Wege des Lebens mit viel Humor betrachten und die Entwicklungen, die man nicht ändern kann, mit Gelassenheit einfach so hinnehmen – dann wäre alles wohl leichter«, gab Paulinchen ein kurzes Resümee und weckte mich damit aus meinen haarigen Betrachtungen.

»Aber nun willst Du sicher fragen«, fuhr sie fort, »weshalb ich gekommen bin – nach mehr als einem halben Jahrhundert. Bin ich gekommen, um in alten Wunden zu stochern? Oder alte Rechnungen zu begleichen? Vielleicht bin ich auch hier, um noch einmal zu spüren, dass ich noch lebe, gelebt habe, auch wenn nichts, aber auch gar nichts zurückgeholt werden kann?! Was meinst Du? Weshalb bin ich gekommen? Wenn unserer Begegnung beiderseits Enttäuschungen erspart bleiben, dann ist doch schon viel – nein: alles gewonnen, oder?«

Hatte ich aus ihren letzten Sätzen, die viele Fragen enthielten, etwas herausgehört, was ich hören wollte, weil es mein Gefühl bestärkte, jetzt sei die Zeit für meine Apologie, meine Verteidigung, gekommen? Ihre Worte schienen mir das Stichwort zu liefern; ich hatte das Empfinden, Paulinchen erwarte jetzt meine Reaktion: »Auch wenn Stochern in alten Wunden vermutlich nichts bringt, bewegt mich doch etwas, das mir schon lange am Herzen liegt und das ich Dir erklären möchte: Du wirst vielleicht denken, Paulinchen, dass ich Dich damals, in jenen vertrackten letzten Jahren des Krieges verraten, zumindest aber im Stich gelassen habe. – Ja, bitte, lass' es Dir erklären, mir liegt sehr daran. Diesen Eindruck musstest Du haben, nachdem ich Dich so dringend gebeten hatte, unbedingt auf mich zu warten, ich würde nach dem Gespräch mit Wolfing in Oberneustadt sofort zu Dir zurückkommen. Und dann bin ich nicht gekommen, nicht am nächsten Tag, nicht am übernächsten, überhaupt nicht! Ich vermute, Du hast auf mich gewartet und das ist Dir zum Verhängnis geworden, stimmt's? Unsere Flucht nach Holland, so wie ich sie mir in meiner jugendlichen Unbedarftheit vorgestellt hatte, wäre zwar die Rettung gewesen, vorausgesetzt, sie wäre überhaupt gelungen. Aber mein ganzer Plan war eine Illusion, ich mache mir dafür noch heute Vorwürfe und verstehe, wenn Du auf mich und meinen damaligen Starrsinn zornig bist.«

Paulinchen sah mich ohne eine erkennbare Gemütsbewegung schweigend an, was ich als Aufforderung ansah, weiter zu reden: »Ja, ich fühle mich in Deiner Schuld, obwohl ich damals gemäß unserer Absprache zurückgekommen bin. Mein Besuch bei dem Gebietsleiter in Oberneustadt war erfolglos, ein Reinfall ›par excellence‹, schlimmer: Alles, was dann über uns hereinbrach, führe ich auf jenen Besuch zurück, auch wenn ich es letztlich nicht beweisen kann. Ich war bereits am Gartenzaun Eurer Villa und sah das Licht im Gärtnerhaus. So nah war ich Dir schon, als mich zwei Leute von der SS abfingen und ohne weiteres mit einem ominösen Sonderauftrag aus heiterem Himmel nach Posen verfrachteten. Wer da seine Hand im Spiel hatte – das habe ich nie klären können. Die Männer ließen es nicht einmal zu, Dir eine Nachricht zukommen zu lassen. Ich hätte nachts noch einmal von Berlin aus telefonieren können, meinen Vater habe ich nicht erreicht und wen hätte ich sonst noch anrufen können? In Posen besaß ich nicht einmal ein Telefon. Aber eine Dienstreise nach Berlin habe ich einige Zeit später für mich eigenmächtig zum Teil umgeleitet, um nach Moorvörden weiter reisen zu können. Das Gartenhaus war leer, ich habe das Schlimmste befürchtet. Als ich über die Straße zu meinem Vater gehen wollte, ob er vielleicht Auskunft über Euch geben könnte, griff mich eine Militärstreife auf; die beiden Unteroffiziere ließen nicht mit sich reden, naja, sie machten ihrem Spitznamen: ›Kettenhunde‹ alle Ehre ...

Ich wurde eingebuchtet, saß einige Wochen im Gefängnis, wurde dann zur ›Bewährung im Fronteinsatz begnadigt‹ und geriet in russische Kriegsgefangenschaft, was ich vorhin ja schon erwähnt habe. Nach dem Krieg und meiner Entlassung aus der Gefangenschaft stieß ich überall in Moorvörden auf ablehnendes Schweigen, niemand wollte etwas über Euch wissen, nicht einmal in der Stadtverwaltung konnte oder wollte man Angaben über Euren Verbleib machen. Dabei waren sie alle – unübersehbar – das personifizierte schlechte Gewissen. Aber sie taten so, als habe es Euch nie gegeben! So ist es gewesen, nun weißt Du alles, kurz und knapp.

Wir mögen ja glauben, dass wir unser Geschick beherrschen, aber es ist das Schicksal, das uns oft eine ganz andere Bestimmung zugedacht hat, als wir es uns oft in unseren naiven Träumen vorstellen. Aber vielleicht ist es auch gnädig, dass wir unser Schicksal weder vorherbestimmen, noch wissen können, schon gar nicht in derart turbulenten Zeiten, die das Unterste zuoberst kehren ...«

Endlich war ich los geworden, was mich so lange beschäftigt, mir oft schlaflose Nächte bereitet hatte.

Paulinchen hatte mir zugehört, ohne mich zu unterbrechen; jetzt nahm sie über den Tisch meine Hand: »Sicher, wir nennen es oft und gern Schicksal, was uns widerfährt, aber wir sollten nie vergessen, dass wir unser eigenes Fehlverhalten, unser eigenes Versagen nicht einer anonymen Macht, die wir Schicksal nennen, in die Schuhe schieben dürfen, um uns zu entlasten. Das wäre denn doch zu einfach, ein Selbstbetrug, der uns nicht weiterhilft. Nein, wir haben schon eine große Mitverantwortung für das, was mit uns und um uns herum geschieht ... Und Hitler war kein unabwendbares Schicksal, das ist sicher, auch wenn es mancher heute noch glauben möchte ...«

Paulinchen straffte sich und sah mich ernst an: »Natürlich war damals meine Enttäuschung darüber groß, dass Du Dich der Hitlerjugend, später sogar mit einer beträchtlichen Begeisterung, angeschlossen hattest und auch schnell Karriere gemacht hast; ach, was sage ich: Zornig, wütend war ich, weil Du einfach die Augen zugemacht hast, nicht sehen wolltest, was geschah, vor allem, was mit uns geschah, welche Ziele die Nazis mit Juden verfolgten; schöngeredet hast Du Dir diese gefährliche inhumane Großmannssucht der Führung: Ihr wolltet nach den Sternen greifen, um auf Erden in Eurem Sinne vorwärts zu kommen und sie mit Euren ‚Edelmenschen‘ zu beglücken; dabei habt Ihr mit den Wahnvorstellungen Eures Führers die Bodenhaftung verloren. Irgendwie wirktet Ihr alle, als stündet Ihr ständig unter Drogen und nähmt die Wirklichkeit nur noch durch den Schleier Eurer

Illusionen wahr. Dabei habt Ihr alles, was Ihr in Händen hieltet, in Asche verwandelt.«

Paulinchen regte sich auf, ihre grünen Augen funkelten, als sie fortfuhr: »Ich höre Dich heut' noch sagen: ›Unsere großen Ziele dürfen nicht an kleinlichen Egoismen einzelner scheitern. Opfer müssen sein, wenn man Großes bewirken will. Und wir leben in einer großen Zeit!‹ Diese Verbohrtheit musste zwangsläufig einen Keil in unser beider Beziehung treiben, mit Dir war nicht mehr zu reden. Du hast die sich darauf gründende Entfremdung, glaub' ich, gar nicht gesehen, wohl auch nicht sehen wollen, und deshalb nicht so stark empfunden wie ich; vielleicht wolltest Du es auch gar nicht. Und unbekümmert, wie Du warst, gingest Du vielleicht sogar davon aus, beides ließe sich mit einander vereinbaren.

Ich sehe jetzt Dein entsetztes Gesicht: Du musst Dir keine Vorwürfe machen; es ist müßig zu spekulieren, was wäre gewesen, wenn Du damals nicht in die Hitler-Jugend eingetreten wärest oder Dich später distanziert hättest ... Du hättest vermutlich Ärger bei Deiner Berufswahl bekommen und mein Ausschluss von der gesellschaftlichen Teilhabe wäre nicht anders verlaufen.

Natürlich war ich später auch enttäuscht, ach, was sage ich – verzweifelt, als Du entgegen Deiner Zusage vom Gespräch in Oberneustadt nicht zurückgekommen warst und auch in der Folgezeit nichts von Dir hast hören lassen. Ich war voller Ängste und ratlos, warst Du doch meine letzte, wenn auch schwache Hoffnung gewesen, doch noch den Schergen zu entgehen ... Aber ich war mir immer ganz sicher, dass irgendwas dazwischen gekommen sein musste, irgendein Hindernis, das Du nicht überwinden konntest. Du erinnerst Dich, dass ich ein sehr schlechtes Gefühl gehabt habe. Ich hatte Dir abgeraten, nach Oberneustadt zu fahren, weil ich Deinen Vorgesetzten nicht traute, vor allem, wenn es um uns Juden ging. Ich bin aber im Gartenhaus geblieben, – wohin hätte ich auch gehen sollen?- falls Du mich doch noch erreichen solltest

– naja, bis sie mich dann geholt haben, an einem nebligen, kalten Herbstmorgen, der meiner trüben Stimmung vollauf entsprach.«

Sie sah mich nachdenklich an, ehe sie leise weiter sprach: »Sollte ich Dich nun anklagen, weil Du meine Gefühle, mein Vertrauen enttäuscht hattest? Sollte ich Dir ewige Rache schwören? Aber ich habe Dich geliebt, und nichts wäre wohl falscher, als für seine Gefühle einen Gegendienst zu erwarten, der in Beständigkeit und Verlässlichkeit besteht. Nein, ich denke, man liebt den anderen mit seinen Fehlern, seinen Macken, auch wegen seiner Schwächen und seines mitunter unberechenbaren Charakters und akzeptiert die sich daraus ergebenden Folgen. Wäre eine Liebe denn viel wert, wenn der andere nur wegen seiner bewunderungswürdigen Eigenschaften, seiner unbestreitbaren Stärken geliebt würde? Ich habe viel darüber nachgedacht in den langen Abenden des Alleinseins, wie es wohl mit uns geworden wäre. Ich bin zu dem Ergebnis gekommen, dass die wirkliche Liebe ohne Eigennutz, in der Selbstlosigkeit besteht, die von dem anderen nichts verlangt und nichts erwartet. Ich glaube, ich hätte Dich nicht wahrhaft geliebt, wenn ich nach meiner Enttäuschung nach Rache geschrien, Dir etwas nachgetragen hätte, weil ich mich von Dir schmählich im Stich gelassen fühlte. Das habe ich mir all' die Jahre überlegt. Heute – nach Deinen Worten – weiß ich, dass das alles ja auch nicht stimmte, Du hast mich ja gar nicht im Stich gelassen. Aber es wäre mir auch egal gewesen.«

Paulinchen strich mit dem Zeigefinger ihrer schmalen gepflegten Hand, der die langjährige harte Arbeit nicht anzusehen war, langsam an der Tischkante entlang, als bemühe sie sich um Konzentration und suche nach einem geeigneten Anknüpfungspunkt: »Und sehen wir alles doch mal von der anderen Seite: Hättest Du nicht auch allen Grund und das Recht gehabt, mich der Treulosigkeit zu bezichtigen, weil ich einen anderen geheiratet und nicht gewartet habe, bis uns das Schicksal wieder zusammenführt, obwohl wir uns beide fest versprochen waren? Ich will da einmal ausklammern, dass wir im Dritten Reich keine gemeinsame Zukunft gehabt hätten; aber nach dem Krieg sah es doch ganz anders aus ... Hätte ich nicht alle Hebel in Bewegung setzen müssen, Dich ausfindig zu machen, um vielleicht zu Dir auszureisen, um unser Versprechen einzulösen, falls Du noch lebtest und Dich familiär nicht anderweitig gebunden hattest?! Ich habe es nicht getan, nicht einmal nach Franzls Tod.

Aber Du machst mir keine Vorwürfe. Im Grunde wissen wir ja auch beide, dass der Mensch kaum in der Lage ist, die wahre Natur menschlicher Beziehungen, die sich aus so unendlich vielen verschiedenen Facetten zusammensetzt, zu ergründen; also haben wir wohl auch kein Recht, von dem anderen bedingungslose Beständigkeit und bestimmte Verhaltensweisen zu verlangen, wie wir sie uns einseitig und selbstsüchtig wünschen. – Das größte Geschenk im Leben des Menschen ist doch bereits, dass sich zwei gleichartige Menschen begegnen, so wie es bei uns war. Das ist selten – und ein solcher Einklang wird wohl auch von der Natur nicht gern gesehen und deshalb von ihr mit List und Gewalt verhindert, wohl weil es für die Erneuerung des Lebens der Spannung, des Energieaustauschs zwischen gegensätzlich gestimmten Menschen bedarf; alle Machtverhältnisse, Klassenunterschiede und Weltanschauungen beruhen schließlich auf dieser Polarisierung. Weil wir aber diese Voraussetzungen nicht erfüllten, durften wir vielleicht nicht auf Dauer zusammen bleiben, wer weiß das schon!? Zuviel Harmonie, zuviel Übereinstimmung ist eben für das Leben, das Spannung und Gegensätzlichkeit braucht, – wie sagt Ihr im Westen? – ‚kontraproduktiv‘ und wenig förderlich. – Aber wir beide, Du und ich, haben dieses Geschenk, so lange wir es in Händen halten durften, genossen. Leider war es uns nur eine kurze Zeit vergönnt. So empfinde ich es.

Ich sehe Deinen fragenden Blick: Na ja, vielleicht ist es ja auch alles ganz anders; schließlich gibt es ja doch auch das Wort vom ›Gleich und Gleich gesellt sich gern ...‹

Du brauchst Dir also keine Vorwürfe zu machen, weil ich mir immer bewusst gewesen bin, und heute, nach Deinen Worten, weiß ich es genau, dass Du das Beste für mich, für uns gewollt und Dich zumindest darum bemüht hast. Aber ich hätte es nie von Dir verlangt, das sollst Du wissen.«

»Aber vielleicht könnten wir dem Naturgesetz, von dem Du gerade gesprochen hast, ein Schnippchen schlagen und daran anknüpfen, wo alles in Moorvörden begann und viel zu früh enden musste«, äußerte ich spontan, der törichten Einfalt des Vorschlages zu spät bewusst.

Paulinchen hob wie zur Abwehr beide Hände.

»Oh weh, lieber Addi«, schüttelte sie nachsichtig den Kopf, »das kannst Du nicht ernsthaft gemeint haben, aber wenn Du das wirklich glaubst, bist Du immer noch der Träumer, den ich allerdings auch wegen seiner Exkurse in die Welt der Phantasie geliebt habe. Wir beide werden die Zeit nicht zurückdrehen, es ist eine Illusion, sie beleben zu können, das weißt Du! Deshalb gibt es auch keine Anknüpfung, keine Fortsetzung! Wir werden nie mehr draußen spielen mit wirren Köpfen und eben solchen Gedanken, wie damals, als wir Wald und Feld durchstürmten: ›Was kostet die Welt ...‹, das Leben, die Zukunft lag noch v o r uns! Anders, als wir sie erträumten! Weißt Du noch, als wir gebannt dem Schachspiel unserer Väter zusahen, heimlich, um nicht zu stören? Aber ein ‚Jemand‘ kam bald darauf und hat das Schachbrett umgestossen, die Figuren, deren Züge doch nach festen Regeln ablaufen sollten, stürzten durcheinander, das Regelwerk hatte keine Gültigkeit mehr ... Das Spiel war aus, auch u n s e r Spiel!

Heute sind wir alt, sehr alt sogar, und auf den Wäldern und Feldern unserer Jugend sind Hochhäuser und Autostraßen gewachsen, haben unsere Erinnerungsorte unter sich begraben.« Sie breitete bedauernd die Arme aus: »Aber hab‘ trotzdem Dank für Deinen Vorschlag, zeigt er mir doch ... ach!« Sie machte eine abweisende Handbewegung und brach ab.

Mir wurde etwas unbehaglich: »Ich gebe zu, es war eine ziemlich kindische Vorstellung, vielleicht war ich auch in dem Irrglauben befangen, das Altern noch ein wenig hinausschieben zu können und noch einmal neue Impulse zu empfangen, ehe alles vorbei ist. Ich spüre nämlich schon lange, auch wenn ich es mir nicht recht eingestehen will, dass ich altere: Es ist ein langsam schleichender Vorgang. Allmählich schwindet die Lust am Leben, daran, überall mitzumischen und teilzuhaben, auch wenn man sich gelegentlich noch einer intensiven Beschäftigung hingibt, die aber oft auch nur der Zerstreuung dient. Du brauchst das alles im Grunde nicht mehr, Du wirst des Lebens überdrüssig, denn Du hast ja alles erfahren, was das Leben bieten kann, und letztlich wiederholt es sich nur noch, auf manchmal seltsam bedrückende Weise.

Da bunkere ich mich dann lieber ein, da oben am Berg in meiner baufälligen Hütte. Dort nimmst Du dann nur noch am Rande wahr, wohin die Welt treibt: Globalisierung verheißt Glück, Wohlstand und Freiheit; aber Du weißt es besser aus Deiner langen Lebenserfahrung: Utopien sind gefährlich, geradezu mörderisch, sie erzeugen Gewalt und Gegengewalt. Weltweites Handeln und Tauschen ist nur noch das Motto dieser Jahre: Jede andere Kultur nicht monetärer Art wird unterdrückt, die traditionell überkommenen Werte: Ehre, Würde, Verantwortung werden dem monetären Streben brutal untergeordnet, werden allenfalls ersetzt durch Spaßkultur und Infantilismen, denen ‚Achtundsechziger‘ und Feminismus als Avantgarde mit ihrer Forderung nach unbegrenzter Bedürfnisbefriedigung Vorschub geleistet haben. Aber die existentielle Wichtigkeit jener Werte für jede Gesellschaft verstehen ohnehin nur noch wenige. Sie gehören wie wir zu einer aussterbenden Spezies, einer untergegangenen Welt.«

Paulinchen schien mir widersprechen zu wollen, aber sie schwieg, sodass ich fortfuhr:

»Wer so denkt, ist wohl schon alt, oder? Aber muss man eigentlich alt sein, um zu der Erkenntnis zu gelangen, dass wir alle seit langem auf Kosten der Zukunft zehren und sich viele trotzdem immer noch wundern, wenn sie Konkurs macht? Auch wenn man alt ist, darf man sich schließlich noch Sorgen um die Zukunft der Menschheit machen! Was für eine Welt, der es zunehmend an

Substanz, am Mörtel, der alles zusammenhält, gebricht, wenn Tradition, gemeinsame Identität und Kultur einer blutleeren Kosten – Nutzen – Rechnung untergeordnet werden, die nicht aufgehen kann, weil man sich gründlich verrechnet hat! Aber das ist ein zu weites Feld ...«

Ich merkte, dass ich abschweifte und Paulinchen strapazierte, so kehrte ich zu mir und meinen Altersvisionen zurück: »Und mein eigener persönlicher Zerfall geht sachte immer weiter: Die Politik, das ewige Gezänk um die dieselben ungelösten Probleme, sogar schicke Reisen und die früher so begehrten, erlesenen Menüs eleganter Restaurants – alles das interessiert nicht mehr, Du beginnst Dich immer mehr mit dem Verfall Deines Körpers zu beschäftigen: Kurzsichtigkeit, Herzschwäche, Arthrose und so weiter und so weiter ... sind viel wichtiger und verschließen immer mehr Deinen Blick vor dem, was draußen geschieht.

Aber ein bisschen Freude verbleibt noch, wie zum Beispiel, wenn ich bei meinen Forschungen weiterhin der Wahrheit auf der Spur bin, auch wenn sie sich mittlerweile immer mehr hinter einem Wust von Halbwahrheiten und Belanglosigkeiten versteckt, die alles wie eine dichte Dornenhecke zu umgeben scheinen. Das rührt nach meiner Meinung daher – da stimme ich mit Aldous Huxley und seiner Kritik am unbegrenzten Fortschrittsglauben überein –, dass die Menschheit auf dem besten Wege ist, die Technologien anzubeten, die ihre Denkfähigkeit zunichte machen, und noch schlimmer: Die Menschen beginnen ihre Unterdrückung, die sie sogar noch technologischen Fortschritt nennen, zu lieben, vermutlich, weil er ihr Verlangen nach grenzenloser Zerstreuung unterstützt. Dabei merken sie nicht, wie sich die technische Entwicklung bereits längst verselbstständigt hat und in ihrem globalen Wettlauf dabei ist, die Menschheit zu versklaven. Wir zerstören unsere Lebensgrundlagen: Nur noch das Lebensnotwendige wie Wasser, Ruhe und Platz für Menschen wird der Luxus der Zukunft sein ... Und ist es nicht so, dass die Auswirkungen fehlerhaften menschlichen Handelns in der Gegenwart nicht nur unsere Mitmenschen, sondern vor allem die nachfolgenden Generationen treffen? Machen wir uns das eigentlich genügend klar? Wo bleiben die Konsequenzen?! Oder sind wir schon so verantwortungslos, dass uns die Zukunft nicht mehr interessiert, solange es uns noch gut geht?! Darüber könnte man endlos spekulieren ...

Und ich gebe ja auch zu, je mehr ich einen Zweifel gelöst habe, desto mehr neue Fragen tauchen auf; deshalb wird der Mensch der Lösung aller Fragen, hinter deren Antworten sich neue Fragen auftürmen, wohl niemals ganz nahe kommen, was aber nicht bedeuten darf, aufzugeben ... ach, entschuldige bitte, Paulinchen, ich wollte Dich nicht zu sehr mit dem behelligen, was mich beschäftigt.«

Paulinchen hatte aufmerksam zugehört, bisweilen genickt, und warf nun ein: »Willst Du sagen: Im Osten durften wir nicht denken, in der westlichen Welt hat man das Denken verlernt oder sich abgewöhnt?«

»Das ist, auf eine einfache Formel gebracht, überspitzt gefragt, aber nicht gänzlich abwegig, wie mir scheinen will: Da das Denken durch die zunehmende geistige – na, ich drücke es mal hart aus – ‚Verfettung‘ aussetzt, muss die Wahrheit zwangsläufig auf der Strecke bleiben, und wenn man ein Stückchen vorwärts kommt, dann sind es zumeist alte, abgegriffene Wahrheiten, die nur in neuer Verpackung daherkommen. Trotzdem: Wenn ich der Wahrheit nur einen winzigen Millimeter von ihrem Geheimnis abgetrotzt habe – dann freut sich die Seele, auch wenn sich, wie gesagt, gleich wieder neue Fragen auftürmen, die mich eigentlich entmutigen sollten, weil Antworten sogleich wieder neue Rätsel aufgeben ...

Bei allem kommt mir aber das Alter zugute. Denn ich bin fest davon überzeugt, dass man für derartige Forschungen alt sein muss: Jenseits aller Theorien über die Erkenntnis der Wahrheit ist eine zeitlich lange Wahrnehmung Voraussetzung ihrer verstandesmäßigen Erfassung. Das klingt etwas kompliziert, entspricht aber genau meiner Erfahrung: Gesicherte Erkenntnisse wollen vorher eine lange Zeit sorgfältig beobachtet sein.«

Ich nahm einen kräftigen Schluck vom Mineralwasser; seit meinem beruflichen Abschied hatte ich nicht mehr so lange ‚in einem Stück‘ geredet.

»Aber wehe«, fuhr ich – einmal in Fahrt – fort, »es kommen in meinem Alter nun bald auch Tage, an denen ich morgens aufwache, mich Niedergeschlagenheit und Leere erfasst und ich mich frage, warum ich aufgewacht bin, weil ich doch alles kenne, was mich an diesem Tag erwartet: Die Berge meiner Papier gewordenen Gedanken, Frau Roscheck, die wackere mit ihrer betulichen Fürsorge, der gelegentliche Blick nach unten in das mir vertraute und doch so ferne Gewimmel von Bergheim, die knarrenden Balken meiner Zuflucht, die zerzausten Astern und Dahlien im Vorgarten, der immer tosende Bergwind und ab und zu, so lange meine Füße ihren Dienst noch nicht versagen, der steile Weg hinauf zum bedächtigen, wortkargen Stapfinger in seiner einsamen Berghütte. Das ist dann meine Welt! Ja, und dann noch das Wetter: Mal so, mal so, es bekommt eine Bedeutung, die ihm nicht zusteht, aber es stellt nun mal noch das einzig überraschende Element dar. Kurz gesagt: Nur der Alltag mit seinen routiniert eingefahrenen Abläufen ist noch wahrnehmbar – das ist die Ermattung; dann bin ich wirklich alt, weil ich alle Spielarten des Lebens kennen gelernt habe und nichts wirklich Überraschendes mehr eintreten kann. Dann ist Finis – Ende.«

»Lieber Addi«, unterbrach mich Paulinchen ernst, »ich habe Dir gern zugehört und bestätige auch vieles von dem aus eigener Erfahrung. Aber sicher ist, dass nur das Alter die einzigartige Chance bietet, ein langes Leben zu haben und die Erfahrungen zu sammeln, über die Du gesprochen hast. Aber hast Du nicht alles auch ein wenig zu schwarz gemalt, Alterspessimismus sozusagen? Vielleicht hast Du mit Deiner pessimistischen Weltsicht am Ende recht, aber der Weg dahin ist für den Optimisten sicher wesentlich angenehmer und nicht so steinig. Deshalb muss ich Dir in einem

Punkt doch ganz entschieden widersprechen: Haben wir beide nicht noch etwas Überraschendes erlebt?! Haben wir uns doch, womit niemand rechnen konnte, nach so vielen Jahrzehnten wieder gefunden! Ist das nicht zugleich auch wie ein Wunder?! War dies nicht noch etwas Überraschendes, ein Erlebnis voller Hoffnung, das die Eintönigkeit, die Resignation des Alters überwindet, und sei es nur für wenige, kostbare Augenblicke!? Ich muss Dir sagen, dieser Wunsch, Dich zu sehen, zu hören, hat mich aufrecht erhalten. Wenn man so will, war dies noch ein allerdings spät erkanntes Lebensziel, für das es sich lohnte, alle Kraft zu bündeln und noch ein bisschen weiter zu leben. Und so ist zwar nicht unser Wunsch in Erfüllung gegangen, miteinander alt zu werden, aber wir haben uns im Alter noch einmal wiedersehen dürfen, womit niemand nach allem, was hinter uns lag, rechnen konnte; für einen kurzen Moment dürfen wir jene Zeit aufleben lassen, als wir voller Optimismus und Lebensfreude glücklich waren, weil wir noch nicht auf unsere Fehler, unsere Versäumnisse zurückblickten, die in einem langen Leben unausweichlich bleiben. Und so genieße ich diesen Augenblick, diese Gegenwart, die ein Geschenk ist.«

»Nur einmal, dieses e i n e Mal soll es für uns sein, Paulinchen? Nur diese kurze Zeitspanne von zwei dürftigen Stunden? Mehr nicht? Das tust Du mir doch nicht an, jetzt, wo wir uns endlich wiedergefunden haben. Die Augenblicke sind so flüchtig – man möchte etwas festhalten – länger und möglichst für immer. Du sagst es, wir sollten der Gegenwart, dem Augenblick leben. Mir wird erst jetzt bewusst, dass ich mich vielleicht deshalb nicht auf Dauer gebunden habe, weil auch ich, ohne es zu wissen, auf diesen Augenblick gewartet habe. Vielleicht können wir doch noch dort anknüpfen, wo alles zu Ende sein musste!? Ich sehe Zweifel in Deinen Augen: Aber wir könnten es doch wenigstens versuchen, oder? – Wir könnten doch wenigstens noch einmal zusammen nach Moorvörden, unser Zuhause, fahren – würde Dich das nicht reizen?!«, machte ich einen letzten zaghaften Versuch, von dessen Erfolglosigkeit ich schon überzeugt war, bevor ich den Satz zu Ende gesprochen hatte. Ich hatte mich benommen wie ein Kind, das nicht weiß, dass man niemals zweimal in denselben Fluss steigt.

»Lieber Addi, laß es gut sein, wir sollten uns daran freuen, etwas gehabt zu haben, was uns niemand nehmen kann. Aber Du weißt, Versäumtes lässt sich niemals nachholen im Leben; es wird dann immer anders, oft sogar eine herbe Enttäuschung sein, weil ja nichts mehr sein kann, wie man es in Erinnerung hatte, die uns ja bekanntlich auch vieles in einem trügerisch goldenen Licht vorspiegelt.- Nach Moorvörden!? Unser Zuhause? Unsere Heimat? Soll ich da jetzt vielleicht andächtig über Stoppelfelder humpeln, die es allerdings wegen der Ausdehnung der Stadt mit Industrie und neuen Wohnquartieren vermutlich schon fast so lange nicht mehr gibt wie die Villa im Park mit dem Gärtnerhaus, meinem zeit-weiligen ‚Gefängnis‘, die schummerige Weinstube meines Vaters am Markt und die endlos weiten Wiesen und Weiden hinter dem Fuhrpark Deines Vaters?! Und die Schachspieler in ihren Tabak-wolken!? – Wo ist das alles geblieben? Alles fort, weggewischt von den Stürmen der Zeit, aufgelöst im Nebel der Geschichte ...

Moorvörden, nein, dahin möchte ich nicht mehr zurück. Ich denke eher: Unser wirkliches Zuhause, unsere wirkliche Heimat – die liegen nur in uns, in unseren Erinnerungen, unseren Emp-findungen, unseren Erfahrungen, den guten und den bösen!«

Ihre letzten Sätze hatten etwas ärgerlich Entschiedenes, das keinen Widerspruch duldete. Aber dann ging ihr Blick weit hinaus über die Wipfel der schon längere Schatten werfenden Bäume, vielleicht in jenes ferne, nie erreichbare Land, das wir als Kinder nach Mörike sehnsuchtsvoll ›Orplid‹ genannt hatten, ehe sie, ruhiger geworden, den Gesprächsfaden wieder aufnahm: »Die Zeit ist doch Jahrzehnte weiter gegangen, sie setzt unserer vergänglichen Existenz klare und spürbare Grenzen. Deshalb will ich Dir nicht verschweigen, dass mich eine Krankheit beherrscht, die mir keine Zukunft mehr lässt. Daher rührt übrigens auch meine seltsame Art der Fortbewegung und die exakte Einnahme dieses entsetzlichen weißen Pulvers, das den Ablauf meiner Lebensuhr regelt, was Dir nicht entgangen ist; erspare mir aber jetzt Einzelheiten, die unser kurzes Treffen nicht trüben sollen. Ich bin ohne Rückfahrkarte auf dem Weg in die Schweiz, in eine spezielle Klinik, und habe bewusst diesen Weg über Bergheim gewählt, der kein ›Umweg‹ ist. Ich spüre deutlich – wie ich neulich in einem mittelmäßigen Roman gelesen habe – den ›sirrenden Ton der Sense, die mich dürren Halm schon bald fällen wird.‹ Ich gebe zu, ein makabres, sogar etwas kitschiges Bild, aber mir gefällt es, weil sein Pathos schon etwas Lächerliches hat. Und warum sollten wir dem Tode nicht auch d i e s e Seite abgewinnen, die andere ist schon traurig genug.«

Ich wollte etwas erwidern, fragen, aber sie legte sich einen Finger auf den Mund und gebot mir unmissverständlich zu schweigen; dann sah sie mich lange an, als wollte sie sich mein Gesicht noch einmal einprägen und sich vergewissern, dass alles enden muss, weil die letzte Sehnsucht erfüllt worden ist.

»Es war ein großes Geschenk, dass wir uns noch einmal begegnen durften, wenn man bedenkt, welche Fallstricke gerade in unserem Leben gespannt waren, denen nur wenige unserer Generation entgangen sind«, sagte sie langsam, fast ein wenig feierlich, »ich bin deshalb auch nur gekommen, – ich muss es betonen – um Dich noch einmal zu sehen, noch einmal in Deiner Gegenwart für einen kurzen Augenblick zu spüren, dass wir damals trotz aller verborgenen Risse und der schon bedrohlich aufziehenden Wolken, die die meisten ignorierten, glücklich waren in einer Welt, die wir nach allem, was danach kam, als intakt empfunden haben. Ich bin dankbar, dass mir mein Wunsch erfüllt wurde. Ich hoffe, Du denkst ebenso und lässt für Enttäuschungen keinen Raum.«

Der Bahnhofsvorplatz belebte sich mit eilig strebenden Reisenden, ein Zeichen für die kurz bevorstehende Ankunft des Zuges. Paulinchen sah hinüber zum unaufhaltsam vorrückenden Zeiger der Bahnhofsuhr:

»Laß uns Abschied nehmen, Addi, es wird Zeit für mich und sieh Dich bitte nicht um, wenn ich gegangen bin, sieh nicht hinter mir her. Behalte das Bild von mir, das Dich über Jahrzehnte begleitet hat. Halte Dich aufrecht, solange es noch geht ... Ich verabschiede mich mit dem Wunsch der Schauspieler jeweils am Ende altindischer Aufführungen, den ich für einen der Wichtigsten, wenn nicht gar den Wichtigsten im Leben halte: ‚Mögen alle lebenden Wesen von Schmerzen frei sein!'- Und Du, Addi, ganz besonders!«

Sie gab mir einen flüchtigen Kuss, streifte dabei sanft mein Gesicht, übersah meine zugeschnürte Sprachlosigkeit ebenso wie meine ausgestreckte Hand, als fürchte sie zu guter Letzt, von ihr noch festgehalten zu werden und sich nicht lösen zu können, und verließ, so schnell sie es vermochte, das Café. An der Tür drehte sie sich noch einmal um und blinzelte mir fast verschwörerisch zu: »Vielleicht dauert es ja nicht wieder Jahrzehnte, ehe wir uns wiedersehen.«

Mit diesem Satz nahm sie dem Augenblick etwas von seiner Melancholie und löste meine Erstarrung. Ich habe nicht hinter ihr hergesehen, aber dem Zug, der sie mit sich nahm, bin ich noch einige Schritte nachgegangen, bis seine Umrisse im nebligweißen Dunst zerflossen und seine Geräusche in der Abendluft verwehten.

Nach ihrer Adresse hatte ich Paulinchen nicht gefragt, sie hätte sie mir doch nicht gegeben. Ihre Zeichen im Schnee, nahezu getaut, ließen nur undeutlich noch die Buchstaben: ›mem ... mor ...‹ erkennen. Hatte sie geschrieben: Memento mori? Gedenke, dass Du sterblich bist?

Eine sich von den Bergen herabsenkende Kaltluft begann die Wasserlachen erneut mit einer dünnen Eisschicht zu überziehen. Mich fröstelte, ich zog meine Wetterjacke fester um mich und drückte die Mütze in die Stirn: Für den langen mühsamen Aufstieg galt es gegen den steifen Bergwind und Schneesturm, sollte er droben noch weiter toben, gerüstet zu sein ...

Es ist spät geworden; ich bin trotz des aufwühlenden Tages, der mich noch lange beschäftigen wird, hundemüde, nach gut sechzehn Stunden auf den Beinen. Aber Sie, liebe Leser, sind immer noch da, haben mir die Treue gehalten und geduldig zugehört; deshalb musste ich Ihnen noch alles bis zum Ende berichten.

Zwar stehe ich hier nun mit leeren Händen vor Ihnen, wenn es um ein ›happy end‹ für meine Geschichte geht, das kann ich Ihnen nicht bieten, aber doch bin ich um einige Erkenntnisse reicher, die sich im höheren Alter eher selten gewinnen lassen:

Nicht die Fakten sind es, die unser Leben bestimmen, sondern die Vorstellung, die sich jeder einzelne von ihnen macht und wie er sie interpretiert, auf sich einwirken lässt, um danach sein Handeln auszurichten. Ist nicht das von Paulinchen und mir gemeinsam Erlebte in etlichen einzelnen Facetten von jedem von uns anders empfunden und gewichtet worden? Und ist das nicht eine ganz allgemein menschliche Erfahrung? Aber woran liegt es, frage ich mich, dass ein – und derselbe Vorgang unterschiedliche Interpretationen zulässt, woraus so viele, mitunter sogar gefährliche Missverständnisse entstehen?

Unsere Bedürfnisse sind es wohl, die die Welt auslegen, andersartige Motivlagen und deren Für und Wider. Jeder einzelne unserer zahlreichen geistigen und psychischen Impulse übt eine Art Herrschaft aus, der eine Zielrichtung, eine Perspektive hat, die er als Norm allen übrigen Antrieben aufzwingen und dadurch auch die Sicht der Dinge und ihre Bewertung bestimmen oder zumindest beeinflussen möchte. Dabei wird sich der jeweils gerade dominante durchsetzen.

Und das führt mich dann auch zu einem wesentlichen Punkt meiner Forschungen, und zwar zu der Frage: Aber was ist dann ‚Wahrheit‘? Ist die Wirklichkeit die Wahrheit? Oder nur die, die wir als solche e m p f i n d e n , weil sie sich letztlich doch objektiver Wahrnehmung entzieht? Ist sie etwa so wetterwendisch wie ein schwüler Hochsommertag, der willkürlich Windrichtung und Wolkenbildung ausgesetzt ist? Wird die Wahrheit etwa gestaltet, geformt je nach der Motivation, den Interessen und mehr oder minder zufälligen Empfindungen des einzelnen oder von Gruppen? Also eher ein Zufallsprodukt, entstanden aus der Gemengelage unserer Antriebe, Bedürfnisse und sogar kurzlebiger Neigungen?! Vielleicht ist sie auch nur eine Erfindung der Menschen wie die Zeit, deren Diktat sich die Erdenbürger freiwillig unterworfen haben?

Aber was auch immer die Wahrheit ausmacht und wie sie sich uns in verschiedensten Gestalten mit prunkvoll täuschenden Gewändern oder in zerschlissenen Lumpen präsentiert: Eines glaube ich nach der Begegnung mit Paulinchen sicher zu wissen: Es wird keine wie auch immer geartete Wahrheit geben ohne Verantwortung, Ehrlichkeit und Verständnis. Die Reihenfolge mag jeder für sich selbst bestimmen! Auf diese Werte, die sich nicht durch Aktienpakete ersetzen lassen, kommt es an, ohne sie wird auch die Welt nicht überleben. Mit Verblendung, Intoleranz und Selbstsucht werden wir die Wahrheit verfälschen, sie und uns zugrunde richten.

D a s ist die Wahrheit, eine alte, eine Binsenwahrheit zumal, die immer wieder in Vergessenheit gerät, aber deshalb nicht falsch ist, nur unbequem.

Wie klingen Paulinchens Worte noch nach : › ... Sollte ich Dich nun anklagen, weil Du meine Gefühle, mein Vertrauen enttäuscht hattest? ... Aber ich habe Dich geliebt ... Die wirkliche Liebe besteht ohne Eigennutz, die von dem anderen nichts fordert und nichts erwartet ...‹ So hatte sie gesagt.

Meine Rechtfertigung, meine Verteidigungsstrategie, die ich mir zurechtgelegt hatte, war an diesem ihrem Bekenntnis gescheitert, wirkungslos verpufft und zusammengebrochen. Sie hatte mich beschämt, ich hatte kleinlich von ihr gedacht, ihr Rachegefühle unterstellt, weil mich selbst Schuldgefühle peinigten und unter Rechtfertigungszwang stellten. Wie konnte ich sie so verkennen? Aber nach so vielen Jahren und dem, was hinter uns lag ...! Durfte ich da anderes annehmen, als dass sie von mir Rechenschaft forderte?? Was ihr gutes Recht gewesen wäre! Oder hätte ich sie doch besser kennen müssen ...?! Habe ich ihre fortbestehende, über Jahrzehnte bewahrte Zuneigung zu gering eingeschätzt, ihren Großmut nicht bedacht, weil mich mein schlechtes Gewissen zu stark beherrschte und andere Gedanken nicht aufkommen ließ ...?

»Aber ich habe Dich geliebt« – Mit fünf Worten hatte sie alles erklärt und mich zutiefst beschämt, ohne es zu wollen.

Liebe Leser, ich habe Ihnen nun alles ausführlich und getreulich berichtet, soweit meine Erinnerung nicht subjektive Korrekturen an der Wirklichkeit vorgenommen hat, und danke für Ihre Geduld: Meine Fragen sind geklärt, fast alle, und ich werde mich getrost wieder hier auf meinen Berg zurückziehen. Doch eine letzte Frage ist geblieben, trotz allem: Durfte ich s i e ohne ein Abschiedswort von m i r gehen lassen? Warum habe ich s i e nur gehen lassen, einfach so ...?!

Diese und Ihre vielleicht verbliebenen letzten Fragen, liebe Leser, sollten Sie sich selbst beantworten, denn ich hoffe, dass ich Sie nicht ratlos zurücklasse, das wäre mir unangenehm, nachdem Sie mir so viel von Ihrer Zeit geopfert haben ...

Ich bin noch einmal – und so schließt sich der Kreis – durch ein Zimmer gegangen, das ich lange nicht betreten hatte, und habe viel Altes neu, dazu auch Unerwartetes erfahren: Es gibt auch im Alter eine Hoffnung und eine Chance, sein Leben ohne Resignation in Würde und Dankbarkeit beschließen zu können!

Ich nehme jetzt das kleine Bild von dem kleinen Mädchen mit den großen Augen – Zwinkert sie mir zu? – aus dem vergilbten Album und stecke es zusammen mit dem blassgrünen, vierblättrigen Kleeblatt in den alten Bilderrahmen aus rötlichem Mahagoniholz, in dem seit unvordenklichen Zeiten ein alter Merian-Stich an die alte Poststation meiner Vorfahren in Moorvörden erinnert hat; ich brauche ihn nicht mehr.

Der Platz für das neue Bild ist drüben über dem Kamin, da habe ich es von meinem Fensterplatz aus für eine Zwiesprache stets gut im Blick: ›Alles ist vergangen, aber wir haben es gehabt und durften es noch einmal zum Leben erwecken, für wenige Augenblicke! Danke, Paulinchen!‹